Interview Records of Chinese Media

in the Greater New York Region

MEDIA

大紐約地區華文媒體訪談紀實

刘伟　金晓春◎著

厦门大学出版社

XIAMEN UNIVERSITY PRESS

国家一级出版社
全国百佳图书出版单位

图书在版编目(CIP)数据

大纽约地区华文媒体访谈纪实/刘伟,金晓春著.—厦门:厦门大学出版社,
2019.12
(厦门大学口头传播丛书)
ISBN 978-7-5615-7427-0

Ⅰ.①大…　Ⅱ.①刘…②金…　Ⅲ.①访问记—作品集—中国—当代　Ⅳ.①I253

中国版本图书馆 CIP 数据核字(2019)第 110438 号

出 版 人	郑文礼
责任编辑	刘　璐
封面设计	张雨秋
技术编辑	朱　楷

出版发行　*厦门大学出版社*

社　　　址	厦门市软件园二期望海路 39 号
邮政编码	361008
总　　　机	0592-2181111　0592-2181406(传真)
营销中心	0592-2184458　0592-2181365
网　　　址	http://www.xmupress.com
邮　　　箱	xmup@xmupress.com
印　　　刷	厦门兴立通印刷设计有限公司

开本	720 mm×1 000 mm　1/16
印张	13.25
插页	1
字数	231 千字
版次	2019 年 12 月第 1 版
印次	2019 年 12 月第 1 次印刷
定价	55.00 元

厦门大学出版社
微信二维码

厦门大学出版社
微博二维码

序 一

朱 清

2010年,我任职福建省人民政府新闻办公室主任之际,应邀为刘伟先生所著《我在美国当记者》一书写序言,感佩他奋斗异乡,在海外华文媒体领域敢闯善为、成就斐然。更令我动情于笔端的是,他的新闻报道为连接祖国人民与旅美华侨华人的"中国心"搭建了桥梁,也为增进中美文化交流及人民友好铺架了彩虹。

一晃间,八年过去了,又读到刘伟先生寄来新著《大纽约地区华文媒体访谈纪实》书稿,先睹为快,我为之惊喜!这诚然是一部显现浓郁特色的新闻学力作。一方面,缘于这些年来刘伟先生的学业与职业别具传奇,包括在厦门大学攻读博士研究生和受聘该校任教、赴台湾铭传大学做访问学者、参与"闽侨智库"以及为家乡建设引进海外人才,等等,这些经历和体验造就了其著述内涵的异彩纷呈;另一方面,刘伟先生对新闻理论的钻研颇多用心,在学术造诣上有了新的飞跃。该书作者代自序可谓标志此飞跃的代表性文章,其运用学理同实践结合的方式和探究区域同全球关系的思维,就海外华文媒体在中国应对全球化过程中所处的地位及其所能扮演的角色,做了独到的辨析,提出了一系列关于借助在地华文媒体的传播力影响华人社区和美国社会主流舆论,从而促进中美政治、经济、文化等诸方利益达至会通的见解,这对当下中美两国乃至世界各国"构建人类命运共同体"具有借鉴价值。

十九大呼吁"建设持久和平、普遍安全、共同繁荣、开放包容、清洁美丽的世界",主张"积极发展全球伙伴关系,扩大同各国的利益交汇点"。基于此,我认为,刘伟先生关于"把海外华文媒体作为中国国家海外战略传播的一个关键渠道和试验田"的夙愿与践行,也深具现实意义,必将展现其携来更多利好的前景。

我期待《大纽约地区华文媒体访谈纪实》一书早日出版发行,相信它一定会受到海内外广大读者的欢迎!

(本文作者系中国福建省人大常委会委员、华侨工作委员会副主任,2017年12月9日写于福州)

序二　鼓励福州海外乡亲著书立说，
丰富福州侨史资料

蓝桂兰

2018 年 7 月，在福州市第五届华侨历史学会换届大会上，我们福州市侨联海外委员刘伟先生，被聘为本届学会的"海外顾问"。也是在这次会议上，刘伟先生邀请我给他的新书《大纽约地区华文媒体访谈纪实》写个序。本来我觉得有朱清副主任写序了，我就不要了。但是刘伟先生真诚的一句话"我是福州人，能请家乡侨联主席写序是我的荣幸"打动了我。

福州是著名的侨乡。祖籍福州的海外华侨、华人多达 300 万人，分布于五大洲的 102 个国家和地区。福州地区的归侨、侨眷人数多达 200 万，占福州市总人口的 1/3 强。香港、澳门地区有福州乡亲近 30 万。在世界各地有海水的地方几乎都有福州人的足迹。海外华人华侨是我市实施"走出去"战略，加强与世界联系的重要桥梁。如何把握华侨优势，进一步扩大华侨华人与我市的交流与合作，成为新时期一个重要的课题。

海外华人媒体是华人华侨在海外在地生活的文化食粮；是他们参政议政、维护权益的积极支持者；是宣传华人在海外奋斗历程和社团建设活动的主要平台；是传递祖籍国家乡建设成就和乡音乡情的重要桥梁；也是海外华人生活、发展的历史见证者。刘伟先生在美国从事 10 多年的华文媒体工作，近年又作为中美人文交流的博士在厦门大学专门研究美国华文媒体，经过几年的广泛调查访问，出版了这本《大纽约地区华文媒体访谈纪实》，通过当地媒体人之口，讲述了大纽约地区华人媒体的创立和发展的历程。我们福州市作为侨务大市，一直从事华人华侨历史的研究，刘伟先生此书是对华人华侨历史的重要补充，很有意义。

刘伟先生出生于福州三坊七巷，对福州家乡有着深深的眷念，他长期担任省市侨务、宣传、引才部门的相关职务，也是我们福州市侨联的海外委员。我希望借助刘伟先生新书出版之时,向与刘伟先生一样关心支持福州市侨联工作的广大海外福州乡亲致以敬意,也希望更多的福州乡亲著书立说,进一步丰富我们福州海外乡亲的历史资料。

（本文作者为福建侨联副主席、福州侨联主席）

代自序 大纽约地区是中国海外战略传播的要塞

——了解和发挥当地华文媒体作用是有效渠道

刘 伟

作为当今国际社会多极力量的一部分,中国不但要了解世界,更要让世界了解中国。随着改革开放的深入,中国需要走出去,在世界上建立一个负责任的大国正面形象,以此为核心,积极开展中国在海外的战略传播已刻不容缓。

中国在海外开展战略传播可以通过多种渠道,包括国家领导人出访;联合国、奥运会、世博会、G20等国际舞台的展示;经济、文化、教育、卫生、环保等领域的交流合作;中国宣传品在海外媒体和公众场合的主动直接投放等。其中不可忽视的是,海外华文媒体由于在海外落地生根,并已枝繁叶茂,在地影响日益扩大,在中国海外战略传播争取侨心、影响主流舆论中,作用独特。

美国作为世界上最重要的国家之一,中国海外战略传播重点当首推美国。而大纽约地区作为美国最重要的政治经济、商业金融、文化和新闻舆论中心,自然成为中国海外战略传播的要塞,是重中之重。

笔者生活在大纽约地区16年,目睹美国主流媒体对中国大量的负面报道,看到中国在美国开展战略传播举步艰难,了解到美国华人和主流舆论对华人对中国国家形象的各种偏颇报道。作为当地最大的华文媒体一员,对华文媒体近20年来,在美国政治竞选、维护华人权益、鼓励华人在当地政治经济、文化教育等各个领域参政议政中发挥的越来越大的作用更是有亲身感受。

笔者对大纽约地区华文媒体的田野调查,源于希望发挥作为美籍华人、华媒记者身份的特殊便利,通过广泛的访谈研究,为加强我国对这一地区的华文媒体的了解和影响提供第一手的资讯和科学依据,为中国在该地区开展国家战略传播策划、提高在海外的国家正面形象,并通过华人媒体向华人社会、主流舆论实施影响等提供参考。

一、大纽约地区华文媒体的地位

　　华文媒体的发展与华人族群在美国的地位息息相关,所以研究华文媒体,首先要来谈谈当今华人族群在美国的地位。

　　华人族群在美国的地位今非昔比。他们已经成为主流社会中一支不可忽视的力量。从政治角度来说,华裔公民在美国政坛的影响力逐渐加强,越来越多的华裔在地方选举中崭露头角,目前在美国最主要的政界代表人物,包括现任美国联邦众议院女华裔议员赵美心、孟昭文,前联邦商务部长、华盛顿州州长、驻华大使骆家辉,美国旧金山160年首位华裔市长李孟贤,美国加州奥克兰市158年来首位亚裔及华裔女市长关丽珍,前美国纽约市主计长刘醇逸、市议员顾雅明等。在大纽约地区,还有一些华裔在市一级的议会和学区委员会的选举中频频获胜。而华人社团、华裔公民更是美国两大党候选人努力争取募款和选票的对象。

笔者与美国联邦国会华裔众议员孟昭文(左一)

　　从经济角度来说,早期从港台来美的侨民许多已经事业有成,中国改革开放后,来自大陆的新移民日益增多,这些新移民受教育的水平普遍比老侨民高,因此收入也相对较高,除了创业成功的商人,在大纽约地区的华尔街金融

美国联邦国会华裔众议员赵美心(左二)

公司、各大学学者教授、计算机行业和生物制药业的科学家、医生律师等高收入人群都有不少华裔的身影。与此同时,华裔的消费能力也日渐增强,成为美国市场中不可忽视的一个消费群体。

从文化角度来看,在美国,汉语已经是仅次于西班牙语的第二大外语,有超过 200 万的华裔在家中说汉语。另外,截止到 2015 年,美国共有 81 所孔子学院,299 所孔子课堂。加上星罗棋布的各类中文学校,众多华裔文化团体,它们和华文媒体并驾齐驱,成为中华文化的主要传播机构,在华人族群地位日益提高的过程中,华文媒体还在放大华人的声音,维护华人的权益,宣传华人和他们祖籍国形象等发挥独特的作用,在美国主流社会发挥越来越重要的影响。

因此在这种大背景下,华文媒体的发展过程及其未来值得研究。而大纽约地区作为美国最重要的政治经济、商业金融、文化舆论中心和海外华人最聚居的地区,更具有突出的代表性。

二、大纽约地区华文媒体的功能及影响

美国大纽约地区是美国华人和华文媒体最为集中的地区之一。随着越来越多的华人移居美国,伴随着中国经济和政治、文化的迅速发展和强大,华文

媒体在华人社会乃至主流社会的舆论影响也水涨船高,在参与主流社会政治竞选、经济建设、宣传中华文化、维护华人应有的权益,为华人提供全球以及美国当地和祖国各方面资讯,帮助华人在美国立足等方方面面发挥着越来越重要的作用。而美国大纽约地区华文媒体由于其地区的重要性、影响力,成为在我国实施对外战略传播中最重要的研究对象之一。

近年来,虽有一些学者对美国华文媒体的课题进行研究,但直接进入侨区,与当地媒体面对面地接触和了解的第一手相关资讯并不多。另外,有关资讯还比较零散,系统全面地收集归纳非常少。再者,过去大家比较集中关注几家重要的大媒体,对如雨后春笋般的社区报纸做深入了解和细致记载的比较欠缺。

笔者从 2012 年年底开始,在导师赵振祥教授的指导下,着手对美国大纽约地区(包括纽约、新泽西、费城)的华文媒体进行田野调查和深度访谈,希望通过对这一地区媒体人,尤其是年事已高的媒体创办人、资深的老媒体人进行近乎抢救性的采访,以具体的、第一手的口述资料,并通过对不同华文媒体的内容分析,从而将大纽约地区的华文媒体的发展和现状进行系统的了解和记载,以还原该地区华文媒体的发展面貌,为未来了解这一地区的华文媒体的研究学者提供翔实权威的资讯。

三、大纽约地区华文媒体在中国海外战略传播中的角色地位

塑造良好的国家形象是中国海外战略传播的核心内容。近年来,我们国家对海外,尤其对美国主流社会的战略传播非常重视,但渠道有限。2011 年由中国国务院新闻办公室耗重金打造的《国家形象宣传片》,在被称为"世界十字路口"的纽约时代广场播出,其中 30 秒长度的电视广告片——《人物篇》,以"中国人"概念打造中国形象,在美国轰动一时,希望以此在纽约这个海外宣传的要塞地区实施中国战略传播,打入美国主流社会。至今在时代广场最高大厦的大型 LED 广告墙上还有"新华通讯社"以及多个中国品牌广告。可惜这些除了给美国人一种中国有钱有实力外,对在美国社会、美国舆论中对中国较多的负面观感并没有太多改变,这种方式可以闪耀一时,但无法产生长远的效应。

而华文媒体由于长期植根于华人社区,与华人华侨生活紧密相关,水乳交

融,并受到他们的信赖和喜爱。其对华人华侨的观念、思想、立场和生活的影响,远远大于许多华人华侨看不懂的主流英文媒体,也大于来自祖籍国内的媒体。

美国政治人物竞选时,常常要拜访华文媒体,争取华人舆论和选票的支持。华人权益遭到侵害时,华文媒体总是大声疾呼,同声维护。华文媒体的影响已经深入美国当地的政治经济、文化教育等方方面面。其对华人社区和祖籍国的新闻报道的细微和权威更是主流媒体无法比拟的。

因此,华文媒体在美国社会的壮大,对华人社会甚至主流社会的影响,正是我们应该借助的力量。可以说,了解、研究和争取这一地区的华文媒体是我们国家海外战略传播的一个关键性渠道和试验田,为未来我们国家开展更加行之有效的形象宣传策划、争取更多的华人华侨的民心支持,并通过华人和华文媒体,影响美国主流社会舆论,意义重大。笔者的纪实访谈正是基于此项研究展开的。

感谢厦门大学新闻传播学院原副院长、现厦门理工学院副校长、我的导师赵振祥教授,厦门大学新闻传播学院原常务副院长黄星民教授,厦门大学新闻传播学院苏俊斌副教授对我的关怀指导。感谢大纽约地区华文媒体同行们的支持配合;感谢福建省人大港澳台侨外委员会副主任朱清,福州市侨联主席蓝桂兰,省侨办国外处林建华处长对笔者这位福建籍记者出版本书的大力支持并为本书作序、题名。

目　录

附件二　《我在美国当记者》一书收藏

日　报

《世界日报》是"以中文书写的美国报纸"

——访美国《世界日报》纽约总部公共事务处处长刘其筠

人物简介

> 刘其筠,美国《世界日报》纽约总部公共事务处处长、中国事务处处长兼中国新闻中心总监、原总编辑。

采访时间:2014 年 2 月 12 日、2015 年 1 月 9 日

刘伟:《世界日报》的创办与主要内容、特色是什么?

刘其筠:《世界日报》一年 365 天出报,每日至少出版 64 个版面,最多可高达 128 个版面。周日还附送《世界周刊》杂志。内容包罗万象,包括当天的全球重大新闻、美加要闻、话题新闻、经济和政治新闻,还有最新的中国大陆、台湾、港澳与东南亚新闻,以及地方华人社区新闻。此外,《世界日报》也提供体坛焦点、影艺动态、金融、艺文、论坛、儿童世界、家园、科技信息、医药保健、消费、工商等方面的报道。

近几年来,《世界日报》还借助《联合报》派驻在大陆的记者,每天提供有关大陆的时政、经济和社会新闻。同时利用在各州有办事处的优势,及时报道华人社区中的热点新闻。对中国大陆的报道也比较中立客观。

《世界日报》的特色从读者分析中可发现,我们的读者很多都是高收入、高学历的,平均家庭收入 7 万美元,且 85%的读者受教育程度在本科以上,这就可以看出《世界日报》的高水平。此外,《世界日报》立场中立。

当然,《世界日报》在美国办报,新闻资讯是可以付费购买的,这是自由市场经济的必然结果。

我们不是台湾媒体,也不是大陆媒体,我们是美国华人媒体!

图1　美国《世界日报》纽约总部公共事务处处长、
中国事务处处长兼中国新闻中心总监、原总编辑刘其筠

图2　《世界日报》创刊号

图 3　每日出版的《世界日报》

图 4　每周出版的《世界周报》

图 5　每周日随日报发送的《世界周刊》

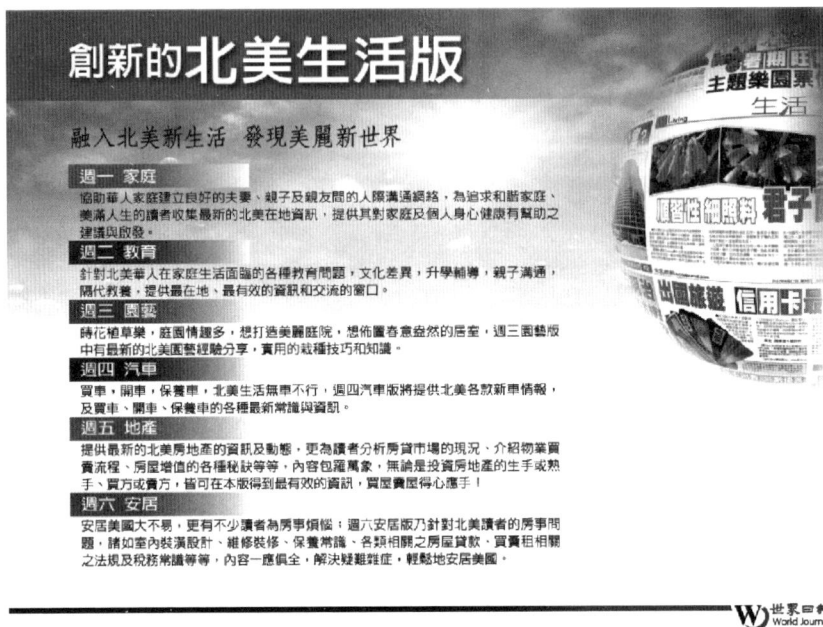

图 6　《世界日报》接地气的北美生活版深受侨胞喜爱

刘伟:可否介绍一下《世界日报》对华人社区和主流社会的影响?

刘其筠:《世界日报》的自我定位是"以中文书写的美国报纸",从美国立场出发,这使其与其他华文媒体不同。《世界日报》积极数字化,近年来还启动了电子报、供手机和平板电脑用的 APP,给读者更多的选择。《世界日报》不仅在美国联邦层次上重视健康保险、移民、主流政治与华人参政等重要议题,而且对华人生活周边的事务格外重视。比如警官皮特·梁事件、新市长白思豪在面对雪灾时表现欠佳,以及上西城华裔耆老遭警殴打等案件,《世界日报》都向华裔读者提供了第一手的全面信息,成为华裔读者与主流社会间的桥梁。

我们与主流媒体的互动,在一定程度上取决于以下三点:一是受众是否需要主流的讯息;二是是否负担得起买主流讯息的费用;三是自身是否可以与主流媒体互动,即对方是否需要你。《世界日报》虽是少数族裔媒体,但可以在公共政策事务方面支持和配合社区一起向有关机构施压。如关于中国新年放假问题,原先政府给我们的是不负责任的答案"你可以不来"。还有"李文和案""吉米辱华案"等,我们关注这些热门话题,引起了主流社会的重视,并改变了他们的态度。

对于中国大陆如何对海外华人、主流社会产生影响,建议可以通过经济、文化交流以及参政、婚嫁等各种渠道,特别是通过第二代移民,总之"道路是曲折的,前途是光明的"。

刘伟:何时创办的《世界日报》电子报与"世界新闻网"?

刘其筠:1999 年,《世界日报》为适应电子化、网络化的社会需求,开创了"世界新闻网"。2007 年,《世界日报》又首创电子报 ePaper。

报网合一,虚实结合,用网络功能带动纸质,我们是与新闻绑定,而不是与纸质绑定,不论用什么介质,都可以做好。我们虽是办报起家,但我们现在是最大的新闻媒体,不是最大的报纸。我们与《纽约时报》走的是相似的路线。媒体王国的根本在于报纸,网站也需要报纸,这样才有原创的内容,而不是在网上抄来抄去。

(整理者:金晓春)

《世界日报》对当地华人和主流社区的影响

——访台湾《联合报》总部、美国《世界日报》台湾办事处主任林松青

人物简介 ……………………………………………………………

林松青,原台湾《联合报》记者,现任台北联合报系总部"美国《世界日报》台湾办事处"主任。

采访时间:2013 年 10 月 16 日

刘伟:台湾《联合报》为什么要到美国办《世界日报》?

林松青:《联合报》到美国办《世界日报》时,我只是《联合报》的一个小记者,去办报的原因是因为台湾有很多一流的人才、留学生去美国,并获得美国奖学金的支持,去美国办报主要就是要服务华人移民,当时的老板不是为了政治目的,而是以民营商业赢利为目标。现在《世界日报》的规模已经比母报《联合报》大了一倍,《世界日报》的发展与美国华人在各行各业的发展密切相关。

刘伟:当时办报是否引起了美国新闻界和舆论界的关注?

林松青:纽约虽然有一些华侨的报纸,但《联合报》作为当时台湾的第一大报,人才济济,自然在当地引起了较大反响。

现在美国民主党、共和党竞选时都会来拜访《世界日报》,重视华文报纸的舆论影响。

刘伟:《世界日报》对华人社区、华人生活有什么影响?

林松青:华文报纸对当地华侨的影响是非常大的,如新移民来到美国,要找工作、吃饭、购物、租房子、找律师、看病、旅游甚至找男女朋友,等等,都要依赖华文报纸。而且华文媒体上小广告很多,由于华人产业规模不大,学校补习班、餐馆招聘等都是当地侨民所需要的,可以说《世界日报》已经成为当地侨民的生活必需品。

刘伟:在一些与华人相关的事件中,《世界日报》的报道是否被主流媒体所重视和转载并促成问题的解决,可否举一些案例?

图1　笔者到台湾联合报系总部采访美国《世界日报》台湾办事处主任林松青(左)

林松青：《世界日报》在美国重大事件当中，如近年的医疗保险法案、移民政策等，常用社论等重要位置来刊登评论，表达华人立场和观点。美国政府、国务院都有专门机构每天翻译阅读华文报纸，尤其是《世界日报》的报道。

刘伟：台湾在美国经营华文媒体有哪些路径和经验，特别是在提高华人话语权方面有什么作为？

林松青：《世界日报》鼓励华人参政、参选公职，就是希望华人不能对政治冷漠，要在主流社会提高话语权。华人白领精英在传统上比较独善其身，与世无争，《世界日报》通过社论等重要版面呼吁华人参政，提高华人在主流社会的地位，不能让美国有些人随便就给华人安个罪名，打击华人精英。如"美国在台协会"虽然人数少，势力却很大，每年都有年度报告、"台湾白皮书"等。我认为话语权要通过组织来争取，并通过诸如公众型意见领袖、民选官员或商会公论等形式来表达才能有话语权。

刘伟：台湾媒体在宣传台湾形象上有什么值得借鉴的成功经验？

林松青：美国和台湾地区关系复杂，台湾新闻处的许多新闻官员，大多是美国留学回来的，对美国社会比较了解。《联合报》在美国之所以成为当地受欢迎的媒体，是因为对近代史和涉及大陆的报道比较中立。如国民党被俘虏军官回忆录,在台湾限制刊登,《世界日报》却对此做了报道。又如对在奥运会中获奖的大陆选手的比赛情况,台湾媒体过去一般不做报道,但《世界日报》做了许多客观的报道,受到了港台及大陆的老侨和新侨的欢迎。

《世界日报》由于有母报《联合报》的新闻资源,成本低,加上《世界日报》和《联合报》有异地时差,《联合报》的许多报道《世界日报》都可以利用,这样《世界日报》和其他华文媒体相比就拥有新闻时效性和新闻成本上的优势。

(整理者:金晓春)

做一个有担当的华媒记者：为历史作见证

——访北美《世界日报》外埠新闻中心主任及采访中心副主任曾慧燕

人物简介

> 曾慧燕，先后任职于香港五家报纸（《香港中报》《香港日报》《新报》《快报》《天天日报》）；1989年，获聘台湾联合报系美加新闻中心特派记者；2002年，转职其属下的北美《世界日报》任记者，《世界周刊》副主编、要闻专栏组副主任、外埠新闻中心主任及采访中心副主任。
>
> 1983年，在香港报业公会主办的"最佳新闻从业员比赛"中获得"当年最佳记者""最佳特写作者""最佳一般性新闻写作"三个大奖，打破了历届得奖纪录；1984年，当选"香港十大杰出青年"（为内地新移民中首位得奖者）；并于1985年当选"世界十大杰出青年"（香港首位新闻从业员获此殊荣）；入选"2006年度全球百位华人公共知识分子"。
>
> 其著作包括：《外流人才列传》（人物采访实录，用笔名"林下风"出版，曾被国务院侨务办公室列为重要参考数据）；《在北京的日日夜夜》（唯一一本记录中英两国政府就香港前途问题、九七回归谈判的采访实录，被誉为"历史的见证"）；《一蓑烟雨》（散文集）、《飞花六出》（散文集，合著）等。

采访时间：2016年1月20日

刘伟：您是《世界日报》中深受华人小区和读者尊重的资深记者，尤其是您的专题报道和人物专访深受广大读者喜爱，写了许多为人称道的报道。为什么您早年在香港时参加新闻写作比赛，来美后反而不参加了？

曾慧燕：我在1983年任职香港《快报》时，当时我的采访主任强烈推荐我去参加香港报业公会主办的"最佳新闻从业员比赛"，我获得了"当年最佳记者""最佳特写作者""最佳一般性新闻写作"三个大奖，打破了历届得奖纪录。

图1　曾慧燕(左)接受笔者采访

其时是香港报业的黄金时代,有50多家日晚报争鸣,竞争激烈。现在美国缺乏对手报,主要的竞争对手只有一家,所以我从不参加任何比赛。一来我已经获得了香港新闻从业员的最高荣誉,而且是由于采访主任的推动,我本来并不热衷于参赛,在送件截止日期前,我还在北京采访中英谈判,主任很热心地帮我整理参赛资料;二来考虑到参加美国的新闻比赛,评审并非华人,需要将中文译成英文才能参赛,能否获奖在很大程度上取决于译作是否够好,翻译过的内容又并非原汁原味,恐大打折扣,加上也应该将机会留给年轻人,所以我就没有参加意愿。

刘伟:香港的"当年最佳记者"是香港新闻界的最高荣誉,"最佳新闻从业员比赛"当时只设九个奖项,[①]您一人几乎囊括了全部新闻奖项。当时香港中文报刊琳琅满目,您非科班出身,是如何在众多参赛者中脱颖而出的?

曾慧燕:我的确是半道出家,香港新闻界从业员大多具硕士和大专学历,而且当时也是香港报业的黄金时代。根据《众新闻》"香港文化黄金时代"报道,以报纸数量为例,由于实行改革开放,大批人才流入香港,香港约有70家报纸,中英文日报及晚报俱全,1989年发行量总计约180万份。以全香港人口550万计,平均每三人就拥有一份报纸,足见报刊的社会影响力相当巨大,而且香港报纸发行后大量营销海外华人社群,覆盖范围相当广泛。从战前早

---

①　即新闻、体育和经济各设三个奖项。

已发行的《华侨日报》、《成报》、《星岛日报》和英文《南华早报》，到战后出现国民党阵营（右派）的《香港时报》、共产党阵营（左派）的《大公报》《文汇报》《香港商报》，以及香港本地经营者发行的《明报》、《新报》、《天天日报》、《快报》、《东方日报》、《信报》和英文《虎报》，及至电视机普及前的晚报辉煌时代，香港报纸实在是百家争鸣，百花齐放。所以我很自豪当时能击败众多参赛者，一举夺三奖。

刘伟：听说当年中英就香港九七回归问题达成协议，两国签署联合声明，您拿到了"全球大独家"，在您当时工作的香港《快报》上率先发表中英联合声明，轰动一时，能否说一说当时情况？

曾慧燕：当时这个"全球大独家"新闻轰动了中英，据说引起了政府调查泄密者，但我一点也不紧张，因为我确信这是一个送上门的"历史机遇"，肯定查不出来，后来听说查了半年也不得要领，最后不了了之。

图 2　曾慧燕荣获美国中国戏剧
工作坊"跨文化传媒贡献奖"

当年我在北京，经常采访一些敏感的政治新闻，我对自己的要求是一定要保护消息来源，朋友第一，新闻第二。因为我非常清楚，一条独家新闻只能"威风"一时，但如果连累对方，就是一辈子的事，"我不杀伯仁，伯仁因我而死"，你的内心会永远感到内疚。现在给我提供新闻的人已经作古，本来我曾有冲动想写出事件的来龙去脉，但由于尊重其家人的意愿，迄今仍守口如瓶，相信一旦时机成熟，真相将大白于天下。

这是我记者生涯中最大的独家新闻，但值得我自豪的是，我没有花钱去买新闻，也没有连累任何人。

当年我任职的《快报》率先刊载中英联合声明，一时洛阳纸贵。本来我跟北上采访的香港记者关系良好，一夜之间，我却成了众矢之的，他们一下子把我孤立了，每个人的脸色都非常难看。一位行家偷偷告诉我，因为我把他们全部"打败"了，害他们纷纷承受来自报社高层的巨大压力。为了削弱我拿到独家新闻的重要性，有人甚至捏造事实，说当天所有记者都获发了一份中英联合

声明,但规定要守信用到第二天才能发表,大家都信守诺言,只有曾慧燕没有遵守规定,擅自抢先发表。还有人传我被当局抓起来了。

刘伟:当年在美国华文媒体中,您几乎是第一个正面报道福州人的记者,那一系列报道,极大程度地扭转了外界对福州人的观感。您当时是如何想到撰写这个系列的报道的?

曾慧燕:我是2003年9月在《世界周刊》上写了一个总共3万字的系列专题《长乐人在美国》,因当时长乐以"偷渡之乡"闻名于世。《纽约时报》在2003年9月7日发自福建长乐的报道中说,"金色冒险号"货轮在纽约皇后区海域搁浅事件,凸显了福建长乐偷渡客热衷偷渡来美现象。当时船上满载286名偷渡客,大多来自有"偷渡之乡"称号的福建长乐,其中10名偷渡者落水死亡,成为轰动一时的国际新闻。

图3 曾慧燕展示《世界日报》相关文章
《世界日报》40年社庆,时任美国总统的奥巴马致贺函

当时我在《世界周刊》上写了一个专题报道《东北人闯纽约》,过去东北人为生活所迫闯关东,现在却瞄准纽约。我的福州朋友高柱时任长乐公会常务副会长,他对我说:"你写了东北人,也应该写写我们长乐人真实的一面。"因当

时媒体对福州籍移民多是负面报道，一般人对福州人的印象都不好，甚至将他们和帮派、打家劫舍等联想在一起。

在高柱的牵针引线下，我访问了美国长乐公会近 20 位在美从事各个行业、较具代表性的乡亲，他们向我提供了许多鲜为人知的情况。长乐公会虽然是华埠新兴社团，但因"人多势众"，当时在美已有 20 万人，并且拧成一股绳，互助友爱，凸显了团结的力量，短短几年就迅速崛起，成为在美福建侨团中最具影响力的同乡会之一。

我在《世界周刊》上分三期刊出系列报道：长乐人在美国之一《世界怕美国 美国怕长乐》(2003 年 9 月 21 日)；长乐人在美国之二《长乐大军搞活华埠经济》(2003 年 9 月 28 日)；长乐人在美国之三《成功长乐人 笑中有泪》(2003 年 10 月 5 日)。

报道刊出后，各大媒体包括福州当地的社交媒体纷纷转发，由于这是第一篇为福州人"正名"的报道，反响热烈。令我欣慰的是，许多福州读者，几乎异口同声地评论道：非常真实、完全符合事实……

我还记得，采访当天是中秋节，长乐公会会长石水妹特意叫人去买了三盒月饼送给我，我一盒都没拿就走了。回到报社时提起，有人说，怎么不拿回来让大家分享呀？后来，长乐公会周年庆时特意叫我出席记者会，会后给每个记者都发了红包。他们的秘书长特意把我叫进办公室，给了我一个大红包，还强调"你这个红包是跟别人不同的"，没想到我根本没有伸手。我表示谢谢他们的心意，但红包绝对不收。秘书长愣在原地，说别人都拿，你为什么不要？我说："我采访从来不拿红包，这是我对自己的要求。但我尊重别人的选择。"

刘伟：您一直以"零红包"为自豪，难道您从事新闻工作这么多年，都没有拿过红包吗？

曾慧燕：是的，我从来没拿过任何人的红包，因此赢得了采访对象的尊重。浙江同乡会会长是我的忠实读者，大概是 2003 年的时候，浙江省领导来访，同乡会举行欢迎晚宴，会长邀请我参加，记者席每人都获发红包，我担心"挡人财路"，不敢不拿。

过了一会儿，我偷偷把会长拉到一边归还红包，他说红包不是他掏的钱，而是出自一位大老板之手，并说其他记者都拿了，为何你不要？我说："我做记者 20 多年，一个红包也没拿过，希望现在仍然保持'零红包'纪录，不要'晚节不保'。"会长看我态度坚决，无奈地拿回了红包。

我刚坐回座位，一位男士马上起立向我敬酒，说刚才我和会长的对话他都听到了，对我肃然起敬，并给我一张名片。我一看，此人是中国驻纽约总领事馆侨务领事曾小华(后升任中国常驻联合国代表团参赞),从此每次在一些侨团活动上碰到他,他对我都很热情。

刘伟:听说您在纽约华人小区中很受人尊重,有年法拉盛春节大游行,纽约州众议员杨爱伦、市议员刘醇逸等人,还用高音喇叭公开向走在《世界日报》队伍中的您致敬,是否属实?这是因为您的文章,还是因为您的人格魅力?

曾慧燕:实在不敢当!那次是《世界日报》参加法拉盛农历新年大游行,杨爱伦与法拉盛华商会总干事李春溪等人,站在一辆停在缅街(Main St.)与38大道交界路口的卡车上,远远地看到我随队伍走了过来,当时《世界日报》的几位高层均走在队伍的最前头,杨爱伦和李春溪一左一右手持高音喇叭,高呼:"《世界日报》名记者曾慧燕现在向我们走过来了,向曾慧燕致敬!"

更要命的是,接下来他俩异口同声地不断高呼"曾慧燕""曾慧燕"……真的吓得我"花容失色",立即躲到人群后面,恨不得有个地方让我躲起来。因为我深知,这种场面非常招妒,千万不能"功高震主"被人"捧杀"呀!后来,华商会的一位朋友告诉我说,你知道吗?你在小区里很有口碑和威信哩!也因此,我更要严加律己,保持良好的形象,不辜负大家的信任。

刘伟:听说您不光在华人小区中口碑好,连国民党老兵也集体向您致敬,为什么?

曾慧燕:1997年,我当时还是《世界日报》母报台湾《联合报》美加新闻中心的特派记者,不过,无论是在《联合报》还是在《世界日报》工作,我一直都在《世界日报》纽约总社上班。当时居住在纽约华埠的台湾老兵张子正,孤独地在华埠租处去世,数月后因尸体发臭才被发现,这是首宗老兵孤独死亡的悲剧,一度震惊华人小区和台湾,老兵们曾抬棺抗议,要求台湾当局补发就养金和退伍金,我因此撰写报道,刊出后引起了国民党当局对老兵问题的关注。

老兵的五大诉求,后来也全部为台湾当局接受。虽然这是很多人的功劳,但由于我是最早关注老兵命运的记者之一,他们非常感激我。那一年的荣民节,旅美老兵自强会会长张家林率众向我行军礼致敬和鞠躬,吓得我不知所措,其实我只是做了分内的事,这是我的职责和工作,何德何能受此大礼,真是折杀我也!

刘伟:您当年在香港备受瞩目,各大报都在争相挖角,在最红的时候,您为何放弃香港的一切来美?

曾慧燕:我那时在香港的事业如日方中,而且我很有读者缘,三天两头收到读者的来信鼓励,感觉如鱼得水,很有满足感,但我骨子里总觉得名是缰、利是锁，"高处不胜寒"，是命运将我推到这个高度，非吾所愿。我自幼饱受失学之苦，经历了许多艰难曲折，好不容易才高中毕业，但那时大学已经停止招生，1977 年恢复高考后，我由于政治审查不过关，仍被剥夺了上大学的权利。我一直希望重返校园，所以我当年在香港红透半边天之际，毅然急流勇退，来美求学。

刘伟：您做记者做了 38 年，是否感到厌倦？目前报业维艰，未来有什么打算？回顾您的记者生涯，有什么感想？

曾慧燕：我自 1989 年 7 月加入联合报系，一直在《世界日报》位于纽约白石镇（Whitestone）的总社上班，采写的报道一直为包括《世界日报》在内的联合报系刊用，在《联合报》的辉煌时代，在欧美东南亚各地共有 8 份报纸，我是《联合报》聘请的第一位有大陆出生成长背景的"外来"记者。

图 4　《世界日报》总编辑翁台生（右）荣退，曾慧燕代表编辑部赠送纪念专辑，
中为北美《世界日报》总管理处总经理兼纽约社社长杨仁烽

此前我在香港报业有 10 年新闻工作经验，我的大半生都奉献给了新闻事业，尽管报业维艰，但我庆幸自己仍能坚守岗位，不改初衷。当今之世，物欲横流，我为自己经受得起外界的诱惑而骄傲，不以物喜，不以己悲，安于清贫，敬业乐业。我无愧于时代，也对青春无悔。我当初选择做记者，就是抱着一种使命感和为民喉舌、伸张正义、鞭挞黑暗、歌颂光明的信念，要为历史作见证，要为时代留记录。我很高兴能始终如一，不改其志。我努力过，曾经辉煌过，但我时刻提醒自己，人不能吃老本，要低调做人，昔日的丰功伟绩都是过眼烟云，

俱往矣,人要不断提升自己,与时俱进。

我的老上司称赞我是"真正的新闻人",我也乐得照单全收。人到无求品自高,心底无私天地宽。我时刻以此话勉励自己!

(整理者:金晓春)

华文媒体的影响是主流媒体不可替代的
——访美国《侨报》《侨报周末》总裁游江、总编辑郑衣德

人物简介

> 　　游江，福建省福州市罗源人，1989 年毕业于中国人民大学新闻学院新闻学专业，法学学士、工程硕士。后在内地和香港两地从事新闻工作，包括中国新闻社、香港亚文报刊服务公司等。2002 年开始在美国《侨报》任总经理、副总编辑。2009 年任总裁。
> 　　郑衣德，台湾出生，祖籍是浙江绍兴马山镇陈家台门。1975 年随父亲郑士镕①来美，1990 年与刘文善等 11 人共同创办《侨报》并任总编辑至今。

采访时间：2014 年 2 月 12 日

刘伟：游总您是福州人，是我们福建人的骄傲。希望您能提供一些《侨报》在美国的发展情况和在地影响的资料。

游江：《侨报》的发展具体可以请郑总编谈谈。总体上，《侨报》经过不懈努力，从一份黑白套红印刷的周报，发展成为拥有日报、周末报、网站、社交媒体和文化中心的全媒体集团公司。在全美 17 个华人较多的州或市拥有记者站、发行点和体现当地新闻、不同版本的报纸，服务全美侨胞。还在北京和台北设有办事处。现在《侨报》系统的媒体拥有数十万读者，以及数百万社交媒体粉丝。

---

　　①　郑士镕先生系著名老报人，大学毕业后在重庆《大公报》担任要闻编辑、社评委员会委员。他先后任台湾地区《公论报》总编辑、菲律宾马尼拉《新闻日报》总主笔兼《晨报》总编辑并参与创办《台湾日报》。1970 年，郑士镕先生到纽约创办《纽约日报》并担任董事、总编辑，直至 1983 年退休。1983 年，郑士镕先生出任"中新文化企业公司"董事长，协助中国新闻社在美取得向当地客户提供图片和新闻稿服务的经营权，并应聘为中国新闻社海外理事。

刘伟：可否简要地说说《侨报》的发展历程？

游江：《侨报》于1990年1月5日创刊，在北美中文报纸中创造了多个第一。1990年8月开始彩色印刷，1998年成为北美首家横排印刷的华文日报，2000年开始成为全年天天出版的日报。2001年11月开始以简体字出版，成为北美地区首先推行的大型华文日报。随着新媒体的出现和发展，《侨报》不断拓展业务，现在的《侨报》已是全媒体集团，在新浪微博中有213万粉丝，排前50名，在中国平面媒体中排第20名，在海外中文媒体中排名第一。另外，还有视频、手机微信、美国社交网络推特和脸书等，粉丝总数已达数百万人。《侨报》成为美国发展最快和最有影响力的华文媒体之一。

图1 美国《侨报》总裁游江(中)、总编辑郑衣德(左)接受笔者采访

刘伟：可否举一些实例来说明《侨报》的影响力？

游江：如吉米辱华事件[①]，2014年10月22日，是《侨报》第一个在微博中发出新闻和维权呼吁，后立即被各种媒体转发94次，美国华人反应强烈。尔后连续报道，加上各界华人的努力，吉米道歉，官方也道歉。这些和华文媒体

---

① 吉米辱华事件：2013年10月16日，美国广播公司（ABC）主持人吉米·基梅尔在其主持的脱口秀节目"吉米鸡毛秀"中，邀请了4名儿童组成"儿童圆桌会议"。在谈到美国如何偿还所欠中国的高额债务时，一名6岁男孩语出惊人，称"绕到地球另一边去，杀光中国人"。吉米调侃道："杀光所有中国人？这是一个很有趣的想法。"从而引发了美国华人激烈抗议的辱华事件。

图 2　美国《侨报》1990 年 1 月 5 日创刊号

的宣传造势,发出华人的声音,推动事件的处理是不可分割的。

再如"老鼠肉"事件,2011 年 1 月 29 日,纽约电视 CW11 台播出的一则题为《中餐外卖是场噩梦》的报道称,在该市一家名为"新福建"的中餐馆的外卖便当"芥蓝鸡"里竟然发现了大块老鼠肉,暗示该中餐馆以老鼠肉冒充鸡肉,引起舆论哗然。2 月 26 日,来自纽约、新泽西和宾州等大纽约地区的上千名华人,在纽约 CW11 电视台门前举行声势浩大的抗议示威,指责该台不负责任地随意报道耸人听闻的"芥蓝鼠"事件,使中餐业者遭受重大损失,并且玷污了华人形象。示威者强烈要求 CW11 电视台赔偿损失,并向华人餐饮业者公开道歉。《侨报》等中文媒体也对此做了大量报道。

还有对波士顿同性恋的报道也对主流舆论产生了影响。2012 年 4 月 21日,《侨报周末》波士顿版刊登侨报特约记者李强报道的哈佛亚裔同性恋女篮球星艾米莉·谭(Emily Tay)专访后,李强收到总统奥巴马的感谢信,感谢他撰写的报道,并表示了他对同性权益的支持态度。

奥巴马总统的来信说:"在一代又一代人的努力下,普通的美国人民为自由、公正而奋斗,并为这一切而自豪。我们一直在保障全体公民的自由和公正上努力,我很欣赏你在性少数人群(即通常所说的 LGBT,包括女同性恋 Lesbian、男同性恋 Gay、双性恋 Bisexual、跨性别者 Transgender)权益上的观点。"

《侨报》等华文媒体对主流舆论的影响还有很多事例,比如市长彭博竞选连任,专门来美国中文电视台与《侨报》寻求支持,这是他唯一访问的华文媒体。美国联邦众议员孟广瑞、孟昭文经常来本报,我报曾发表《让"孟"想成真》等文,支持他们竞选,等等。

图 3 《侨报》积极支持华人参政议政,融入主流社会。2012 年 10 月,
纽约《侨报》为华人州众议员孟昭文竞选国会议员背书

图 4 《侨报》组织员工和花车参加华埠新春花车大游行

刘伟：郑总编，您是纽约报人世家，除了想了解《侨报》的办报情况外，更想了解一下《侨报》在华人社区和主流舆论方面的影响。

郑衣德：我先说说影响。2009年，彭博市长要竞选连任，专程来《侨报》拜访，这是纽约历史上作为世界大都会的市长第一次来华媒拜访并要求支持他。这是美国官员和主流社会认识到了我们《侨报》的影响，更重要的是看到了我们华人华侨在纽约的表现和背后的华人群体的选票力量。他们需要我们的资源。

韩裔、西班牙裔、日裔、华裔等族裔的媒体，有我们的优势。主流媒体在报道我们这些族裔社区时只能报道宏观上的，很难做细化的报道，也没有时间和力量去做。比如我们华媒会报道"9·11"事件中，世贸大楼里有多少华人，有没有华人伤亡、失踪，事件对华人社区有多大影响等，主流媒体对整体做了大量报道，但对华人社区做深入报道的只有我们华媒。纽约州政府提出中小学的教材要把"日本海"加注为"东海"，就是韩裔媒体凝聚韩裔的力量促成的。这也说明少数族裔媒体还是有影响力的。韩裔在纽约、新泽西都设有慰安妇的头像、纪念碑等，表达他们对当年日本侵略的集体记忆。他们做的都是实实在在做得到的。

我们华文媒体的报道影响社区，通过社区影响主流社会。这是华人媒体最重要的作用。美国人虽然看不懂中文，但是美国政府许多部门有专门看华文媒体的，包括国务院，当然，不仅仅是看中文。

刘伟：可否介绍一些华媒在地影响的案例。

郑衣德：最近出现的"吉米案"，华人在争取权益时有理有节有战术，最后吉米做出公开道歉。这当中华人媒体功不可没。不过这里也有文化的差异，吉米回答孩子实际上是否定孩子的说法，但这也确实不应播出。我们华人提的要求也要符合实际，否则就会有挫伤感。我们媒体在舆论上要引导读者进行合理的诉求。在这件事上，包括《世界日报》等媒体开头都是鼓励大家去抗议的，后来在要求撤换主持人、请愿要求白宫出来对吉米做出谴责、抵制迪斯尼等方面则表现得比较理智。

华文媒体在75年前，基本上是不去采访报道主流的机构和新闻的。1976—1977年后，一些"保钓运动"的年轻人进入了华文媒体，开始对主流新闻进行采访。如报道开建孔子大厦给低收入者居住，争取以华人为主要居住对象。还有华媒推动当年在纽约华埠中央街的拘留所、法院墙上中国传统浮雕受到保护等。

华人媒体对"陈宇辉自杀案"穷追不舍，并促成在唐人街一条街命名为"陈宇辉街"作为纪念。

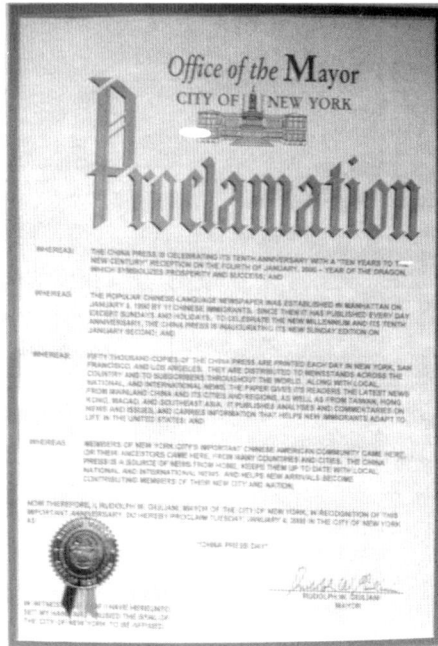

图 5　纽约市市长给《侨报》的褒奖信

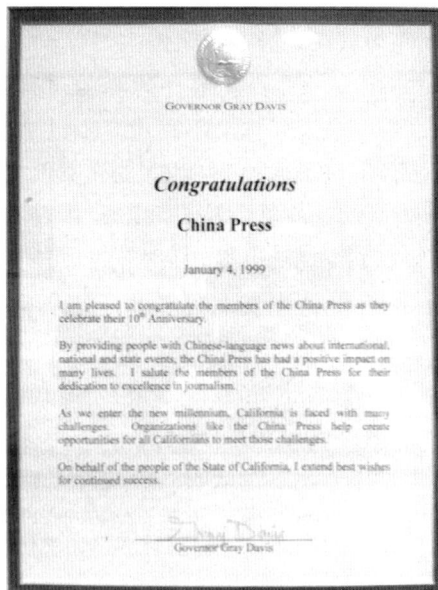

图 6　美国联邦众议员给《侨报》的褒奖信

华文媒体实际上对华人的服务作用是很大的,除了国际新闻和美国新闻外,其中的华人社区地方新闻和对大陆、港澳台新闻的报道是非常丰富的,涉及华人的生老病死、日常生活,这些都是主流媒体替代不了的。

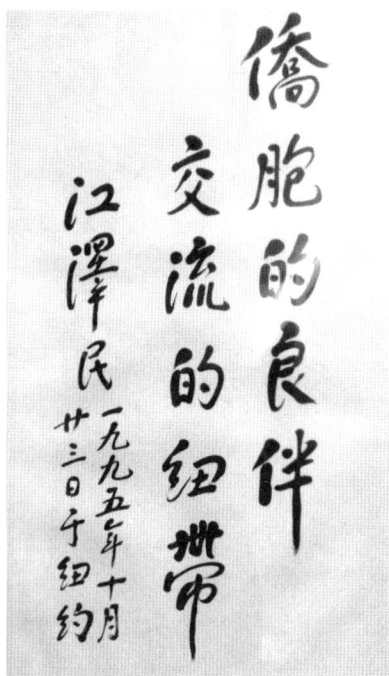

图7 1995年10月,时任中国国家主席江泽民访问纽约,为美国《侨报》题词

刘伟:我研究的目的就是促使中国政府更加重视华文媒体。您认为华文媒体的作用还表现在哪些方面?

郑衣德:华文媒体一直在发挥重要作用,华媒不但365天天天报道,还有专题。如我们《侨报》的"今日福建"就办了21年,在庆祝10周年活动时,福建的领导告诉我,就是你们报道福建要建长乐机场,才促成了美国华侨捐资100多万人民币。这就是影响。

2013年开始我们还办了一个美国《侨报》小记者俱乐部,这是我们举办青少年征文比赛后组建的,成员基本是ABC(American-Born Chinese)。当年就组成了15个人的美国青少年小记者访华团,采访了中国外交部发言人华莹春、美国驻华大使馆新闻发言人,还开展前往福建武夷山、去贫困山区做义工、学做中国家常菜等活动。俱乐部成员中还有一些外国孩子,未来他们将是知华的美国人,也会成为影响美国主流的力量,也可以说是影响主流的一个渠道。

图 8 《侨报》非常及时地报道中国国内重大活动

图 9 美国《侨报》青少年小记者团赴中国采访

明年我们还要组织小记者活动,主题是"中国梦"的现代化之路,去北京及航天城、武汉及长江三峡等。看到中国的主流情况,有富有穷,客观看中国,这样孩子自己亲眼看到的是很有说服力的。

刘伟:华媒影响主流舆论有哪些方式?

郑衣德:华媒影响主流舆论的方式很多。比如密集报道,对事件对方形成

图10　2016年《侨报》小记者团在长城参观采访

注：2013年6月，《侨报》成立小记者俱乐部，并不断发展壮大。2013年起每年暑假组团赴华采访。

压力，社区的反应引起主流媒体关注，或者通过民选官员、议员直接反映，影响官方的决定等。

比如三四年前有一个"摇婴案"，我们华媒不断报道呼吁，社区的反应引起了主流媒体的重视。最近已经认定母亲没有问题。

2014年，一些华人妇女在布鲁克林跳广场舞，被投诉声音太大并且其中有一部分人被逮捕了。《侨报》对此做了独家报道，超过了对当地的影响，也就是对中国和美国主流都有影响。我们主要报道发生了什么、警方的处理和当事人的反应，只呈现事实，不予评论。至于后续的处理，我们提出了既尊重社区环境要求，又保障这些妇女活动权利的观点。后来当地社区安排这些华人妇女在室内活动。

20多年前，我还在美洲《华侨日报》时，有一个华侨青年写信给我，说有一个同监狱的华人青年王某，在监狱中被告杀害了其他囚犯，含冤10多年。我开展了十几个小时的采访、报道、跟踪，后来监狱成立了一个委员会，经过多年的艰苦调查，确系冤案，王某后来被释放，回到了香港。如果没有当初的报道，就没有人去关心，去查核，可见华媒的影响力。当然我们在美国的华文媒体不可能像国内的媒体一样，中央电视台一报道，比如"焦点访谈"，事情就能很快解决。我们要促成问题的解决，需要付出更多的努力。

1996年，克林顿搞移民大赦，我以华裔媒体人的身份写了一封信肯定他的做法对美国经济的发展和家庭的复合很有益处。后克林顿回信致谢。

　　我采访了江泽民,谈台湾问题,他说:"台湾问题的解决无非是战争与和平方式,我们现在是力争和平方式解决。"这些采访内容被美联社等主流通讯社引用,台湾的报道则是引自美联社的。

　　我们华文媒体是潜移默化地发挥影响,影响我们的读者,他们影响周边的人,再扩大到更多人,从而对主流社会产生影响。

图 11 《侨报》记者荣获第十一届"少数族裔及社区媒体奖"(IPPIES Award)
"最佳调查/深入报道奖"一等奖、"最佳移民故事奖"二等奖

图 12 2019 年 1 月 19 日《侨报》第七届全美少年儿童中文大赛总决赛颁奖典礼
注:《侨报》重视开展中华文化传播和华文教育,自 2012 年起每年举办少年儿童中文大赛。

刘伟：我们《侨报》是否有政治倾向？

郑衣德：《侨报》1990 年创办的四点宗旨，即促进美中友谊和系统，维护美国华人华侨合法权益，沟通华人华侨与家乡的桥梁，促进祖国的和平统一。

华文媒体在美国有 150 多年历史，最早就是政治办报，最初旧金山就是革命派同盟会与保皇派的论战，后来是国共争取华侨的论战，都是旗帜鲜明的。20 世纪 90 年代后，大陆新移民增多，两岸关系缓和，政治办报才逐渐淡化。我们也不是自己要淡化，包括《世界日报》《星岛日报》也开始中立化，这是因为美国整个氛围都不同了。

《侨报》是民间办报，至今也是。我和刘文善等 11 人在 1990 年共同创办《侨报》，有大陆、香港和台湾来的人。我们不是外界传说的官方办报，经济上也没有得到大陆的资助，最多是大陆来的领导我们做独家专访和在新闻资源上有合作。

但至于我们《侨报》为什么支持北京，首先美国政府承认中华人民共和国是唯一合法政府，我们在美国办报，当然和美国政策一致，认同中国。同时，我们深深感到，1949 年后的中国，变化是翻天覆地的，改变了多少中国人的命运！给中国老百姓带来了从未有过的发展，对此，我创办时立场是坚定的。

刘伟：现在《侨报》的规模怎么样？

郑衣德：美东、美西大约有 80 个采编和其他工作人员，他们大都是大学生和研究生，来自五湖四海，包括港台地区的。

附：《侨报》简介

侨报纽约网

侨报纽约网（NY.USCHINAPRESS.COM）是以美东《侨报》为基础的网络新闻平台。网站以大纽约地区为中心，重点关注美东地区的时事新闻、生活指南、商业、休闲娱乐等资讯。网站本着扎根侨社、服务华人的原则，依托《侨报》专业的采编团队，为读者和网友送上最新、最全面、最准确的信息。

侨报纽约网的"电子报"专栏，为读者提供免费数字版的《侨报》纽约日报，以及华盛顿、波士顿、芝加哥、纽约、宾州、新泽西六地的《侨报周末》。让您身在世界每个角落都可以第一时间了解美东地区的信息。

《侨报》

《侨报》（THE CHINA PRESS）于 1990 年 1 月 5 日在纽约创刊，是美国

唯一一家以简体中文印刷发行的大型综合性日报。自创刊伊始,《侨报》着力向读者提供及时、客观、准确、公正的海峡两岸暨港澳新闻、国际新闻、美国新闻、本地新闻、工商新闻和财经资讯等。同时还刊登大量生活、娱乐新闻和资讯,成为华人社区与外部世界以及美国主流社会的重要桥梁。

经过 20 多年的不懈努力,《侨报》已成长为一家拥有日报、周报、网络新媒体和亚洲文化中心的多元化媒体集团。《侨报》日报每日至少 52 页,强力推行"覆盖全美"战略,其印刷媒体已在纽约、华盛顿、费城、波士顿、芝加哥、新泽西、洛杉矶、旧金山、休斯敦、达拉斯、奥斯汀、西雅图、波特兰等华人最为集中的城市同步发行,同时在这些地区设立办事处,并派驻记者,形成了强大的新闻采编网络,为民众提供全面和第一手的美国华人新闻。

美东《侨报》的版面包括要闻、美东新闻、中国新闻、娱乐副刊、纽约商讯等6 大板块。在发行地区涵盖纽约 5 大区和长岛。在曼哈顿中国城、皇后区法拉盛、艾姆赫斯特、雷格公园、森库小丘、新鲜草原、贝赛、布碌仑八大道、日落公园、湾脊、U 大道等华人聚居地,更是成为华人获取资讯的不二选择。在纽约地区,日发行量超过 5 万份。在纽约、新泽西、费城、波士顿、大华府、芝加哥的周报发行量超过 10 万份。

《侨报周末》

《侨报》的子报——《侨报周末》于 1999 年元旦创刊。这份周刊对中国大陆纵深权威的分析报道和专题评论,赢得全美读者的广泛好评,被公认为美国发行量最大的强势华文报纸。《侨报周末》的发行地区包括纽约、新泽西、费城、华盛顿特区、波士顿、芝加哥,并已发展成为当地最重要的中文报刊。

(整理者:金晓春)

《星岛日报》在与主流媒体和主流社会
交集中有许多骄傲记录
——采访《星岛日报》总经理何立、总编辑王宁

人物简介

何立，出生于中国香港，1985 年毕业于香港中文大学中文系，曾担任中学高中教师，也在香港电台电视部任过编导。1989 年赴美，在《中报》《亚美时报》均工作过，兼任《亚洲周刊》特派员。1990 年加入纽约《星岛日报》任记者，2012 年起先后任副总经理、总经理。

王宁，出生于上海，毕业于复旦大学新闻系，曾在《新民晚报》任职。1986 年赴美，曾任《侨报》头版主任和《明报》执行主编，时任《星岛日报》总编辑。

采访时间：2014 年 12 月 17 日、2016 年 6 月 21 日

刘伟：何总经理，请介绍一下《星岛日报》(美东版)在美国创立和发展的情况。

何立：《星岛日报》是由胡仙先生于 1938 年创办的一份历史悠久、发行网覆盖全球的国际性华文报纸。《星岛日报》最早在香港出版，现在在美国、加拿大、欧洲、澳洲等地共发行 8 份日报。《星岛日报》(美东版)创刊于 1965 年，总部设于纽约，至今已有 49 年。2000 年，报社卖给著名烟草商人何柱国先生，也是纽约现存最早的华文媒体。报社地点原在麦街，1998 年移至曼哈顿购买现在的大楼，并在布鲁克林购买了印刷厂。《星岛日报》(美东版)为更贴近不同地区的侨社，除了纽约版外(发行纽约、新泽西、康尼狄克三州)，还在费城、波士顿、华盛顿、芝加哥等华人较多的城市设有分社，并发行不同的地方版。我来《星岛日报》时，大概只有 40 版，现在最多时达到 90 版。采编人员也达到 120 人。现在我们有一份报纸和两份杂志，也就是《东周刊》和《星岛周刊》。

刘伟：《星岛日报》运作方式和主要内容是什么？

何立：星岛报业在香港建新闻编采总部，并在美国纽约建国际新闻中心，

图1　笔者在美国《星岛日报》纽约总部采访总经理何立（左）

图2　美国《星岛日报》总经理何立在办公室接受采访

将分布在全球的采编运作，包括纽约、旧金山、洛杉矶、温哥华、多伦多、伦敦、卡加利、巴黎以及悉尼等海外分社，进行24小时全方位连线。母公司泛华集团庞大的环球作业建立了迅速高效的全球新闻资讯网络，为客户创造了最快、最准确的资讯传送。

在内容上，《星岛日报》为中产阶层读者群提供客观而深入的新闻报道，尤以教育资讯和地产新闻深受关注。版面包括国际新闻、美国新闻、纽约新闻、中国大陆及港台新闻、东南亚新闻等新闻版，副刊有财经版、体育版、娱乐版、休闲版、旅游版、饮食版、健康版等，周日还随报附送《东周刊》和《星岛周刊》两本杂志，周五在全纽约发行星岛免费报，受到了读者的欢迎。

刘伟：报社和华人社区有什么联系？

何立:我们经常在纽约华人社区主办及赞助各种活动,包括纽约太极大赛、母亲节绘画比赛、新移民讲座、农历新年花车大游行、花市、圣诞节花车大游行、龙舟节、摄影比赛、风筝节等,参加人数每次都成千上万,可见在纽约早已深入侨社。

图3 《星岛日报》行政总裁梅建国获社区贡献褒奖

图4 《星岛日报》获得社区众多褒奖

刘伟：贵报对主流媒体以及主流社会有什么影响？

何立：我们《星岛日报》不仅对广大华侨影响深远，更受政界领袖、英文媒体及主流社会的重视。如 2005 年《星岛日报》背书支持纽约市长彭博竞选连任，美联社及多个美国主流媒体都做了重点报道。在 2005 年《纽约时报》报道少数族裔记者的处境时，特别到我们的纽约总部，专访美东版采访主任周静然，然后在该报中做了大幅图文并茂的报道。2008 年《纽约时报》再以大篇幅追踪报道周静然作为华文媒体记者采访美国两党全国大会的情形。还派民主党的采编人员跟随周静然学习怎样采访。竞选机构还在我们报纸上刊登广告，争取华人选民。多年来，《星岛日报》广受美国民选官员的肯定和褒奖，纽约市长彭博、联邦国会众议员孟昭文女士曾先后宣布：8 月 1 日为"《星岛日报》日"。孟昭文认为，《星岛日报》内容包罗万象，言论中肯公正，实为传媒之光。

图 5　时任纽约市长彭博亲自到《星岛日报》纽约总部表达支持，
左一、二为何立总经理、梅建国总裁，右三、四为彭博市长、彭克玉总领事

刘伟：《星岛日报》在与主流媒体和主流社会的交集中获过什么奖项？

何立：《星岛日报》有许多令我们骄傲的纪录。在 2003 年，《星岛日报》获两项艾比斯一等新闻奖与一项三等奖，成为第一家获得美国独立报刊协会颁奖的华文媒体，为美国华文报业写下了光辉的一页。纽约州州长亦来函道贺，之后几乎每年都获多个大奖，至今一直仍保持该会颁奖最多的华文媒体。2012 年，《星岛日报》又成为首家获美国亚裔记者协会颁发大奖的非英语媒体。2014

图 6　彭博市长对《星岛日报》的成绩表示祝贺

年,《星岛日报》赢得了纽约地区重要媒体奖项"截稿俱乐部奖"(Deadline Club Awards),《星岛日报》与《纽约时报》、路透社等主流媒体的获奖者一起登上领奖台。这也是"截稿俱乐部"在近 90 年的历史中首次颁奖给非英语媒体。

图 7　《星岛日报》获得时任纽约市主计长刘醇逸的褒奖

图 8 《星岛日报》获得纽约市政府褒奖

刘伟："星岛环球网"的特色内容是什么？

何立：我们的"星岛环球网"是以新闻为特色、以全球华人为服务对象的大型综合性新闻资讯门户网站。我们充分利用全球资源，既提供重大时事新闻，使读者得以迅速了解和掌握世界最新动态；又提供与读者切身利益息息相关的社区新闻，使读者能及时了解自己身边发生的事情。我们倡导"有思想的新闻、有价值的报道"，严守星岛新闻一贯的"中正持平"的立场和角度，立足"华人的角度"，力求客观、真实、深刻地报道新闻、还原事实真相。客观报道，深度分析，容纳、汇集不同的声音，"星岛环球网"为了强化新闻的深度和思想性，在新闻板块还安排了阵势强大的言论频道，汇集海内外各主要媒体的社论和评论，为读者提供更为丰富和广阔的视角，让不同的声音、不同的观点得以集中、丰富地展示。与此同时，"星岛环球网"每天还提供相当数量的新闻专题，对新闻热点进行深度分析，提供有思想、有价值的报道。

"星岛环球网"还突出文化特质，因为文化既体现着人类的共性特征，也体现着不同文化之间的个性差异。我们的报道内容充分反映了中华文化的源远流长、博大精深，反映了人类文化间的共性和差异，也反映了主流和非主流文化的丰富多样性，为读者提供了有文化品位、文化特色的资讯内容。

刘伟：在向新媒体过渡中，《星岛日报》有没有自己的方向？

何立：传统媒体向新媒体过渡，我们一直在探讨。《纽约时报》等大的纸媒都做过研究，各种手段都试过，但大都碰壁，只好不断裁员。怎么做依然是"外行看热闹,内行看门道",不能看别人做也跟着一窝蜂地做。我认为最重要的转变是思维的转变,改革商业模式。《纽约时报》的收入10年来已经掉了一半,现在只希望用提高内容质量来提高收入是走不通的。长远来看,报纸作为生意是难以生存下去的,不排除有些针对特别读者的报纸还可以再生存一段时间,比如我们华文媒体。

刘伟:王宁总编,您根据我的采访提纲,可以提供一些报社资讯吗?

王宁:我现在手头只有一份我们《星岛日报》的对外介绍,其他材料都没有整理,也不方便对外公开。海外中文媒体历史确实是一个非常值得研究的课题,这些年来多有学者尝试,但难度极大。原因是非行业中人不知各报的内部详情,而内部人又不便多说。所以研究不是隔空猜想,就是因缺少资料而不得不放弃。此议仅供参考。

海外中文报纸有太多的事无从问起,我在纽约3家日报中的《侨报》《明报》工作了7年,在《星岛日报》工作了10年,在《世界日报》有近10位前同事,我都不敢说自己对这几家报纸了解多少。

报纸发行1万份就可以挣钱,我们当然超过了很多。各报媒体领队每月聚会,讨论热门话题,常争论。

图9 《星岛日报》总编辑王宁(左六)接待来自中国社科院台研所、
复旦大学新闻学院、厦门大学新闻传播学院的代表团

附:《星岛日报》简介

《星岛日报》(美东版)创刊于1965年,总部设于纽约,至今已有50多年。

《星岛日报》(美东版)为更贴近不同地区的侨社,除了以服务纽约、新泽西、康尼狄克三州华侨为主的纽约版外,在波士顿、芝加哥、华府、费城等华人集中的城市都设有分社,并发行不同的地方版。

《星岛日报》(美东版)经常在纽约主办及赞助各种活动,包括纽约太极大赛、母亲节绘画比赛、新移民讲座、农历新年花车大游行、花市、圣诞节花车大游行、龙舟节、摄影比赛、风筝节等,参加者每每成千上万,可见在纽约早已深入侨社。

《星岛日报》不但对广大的华侨社会影响深远,更受政界领袖、英文媒体及主流社会的重视。《星岛日报》(美东版)2005年背书支持纽约市长彭博竞选连任,美联社及多个美国主流媒体都做重点报道。《纽约时报》2005年报道少数族裔记者的处境时,特别到美东版总部,专访美东版采访主任周静然,然后在该报大都会版图文并茂大幅报道。2008年《纽约时报》再以大篇幅追踪报报周静然作为华文媒体记者采访美国两党全国大会的情形。

《星岛日报》(美东版)广受美国官员赞扬,纽约市长彭博及国会议员孟昭文先后宣布8月1日为"《星岛日报》日",孟昭文说:"《星岛日报》内容包罗万象,言论中肯公正,实为传媒之光。"

《星岛日报》(美东版)是纽约销量最高的华文报纸。版面丰富,包括:国际新闻、美国新闻、纽约新闻、中国大陆及港台新闻,以及东南亚新闻等新闻版,副刊有财经版、体育版、娱乐版、休闲版、旅游版、饮食版、健康版等,每天平均有大约44版内容,无论质与量均令竞争对手望尘莫及。星期日随《星岛日报》附送《东周刊》《星岛周刊》两本杂志,皆甚受欢迎,逢周五星岛全市发行免费报《都市报》,另设有网站及脸书(face book)专页与广大读者互动。

《星岛日报》(美东版)在2003年获两项艾比斯一等新闻奖及一项三等奖,成为第一家获得美国独立报刊协会颁奖的华文媒体,为美国华文报业写下了光辉一页。纽约州州长亦来函道贺,之后几乎每年都获多个大奖,至今一直仍保持该会颁奖最多的华文媒体。2012年《星岛日报》又成为首家获美国亚裔记者协会颁发大奖的非英语媒体。2014年《星岛日报》赢得了纽约地区重要媒体奖项"截稿俱乐部奖"(Deadline Club Awards)的大奖,《星岛日报》与《纽约时报》、路透社等主流媒体的获奖者一起登上领奖台。这也是"截稿俱乐部"近90年的历史中首次颁奖给非英语媒体。

(整理者:金晓春)

电视、广播

美国中文电视台的创立及其在地影响
——访美国中文电视台总裁蒋天龙

人物简介

蒋天龙,1984年在纽约创办苹果电视台,24小时有线台在纽约地区滚动播出。1990年,蒋天龙创立了美国中文电视台,并任总裁。2000年,美国中文电视台与《侨报》《亚洲文化中心》联合成立亚洲文化传媒集团,蒋天龙任总裁。

采访时间: 2014年2月28日

刘伟: 听说除非大媒体,您一般不接受采访,谢谢您百忙之中接受我的访问。我想首先了解一下美国中文电视台是什么时候创立的,及其相关的发展史。

蒋天龙: 前一辈创立的报刊规模比较小,以纸媒为主,印刷方面也比较简陋,媒体真正发展起来是在20世纪80年代至90年代,一直到现在。1984年,我就已经创办了一个叫苹果的电视台,当时我们已经有24小时有线台在纽约地区滚动播出。1990年,我又创立了美国中文电视台。刚创立的时候只有4个人,第一天是在家里播出,刚开始我们没有记者,也没有新闻,只有2部剪辑机,每天只是把新闻剪辑一下,再送到有线电视台去播出。3个月后,我们有了广告,就开始筹备新闻,还逐步增加人员,到了1993年,我们已经有了二十几个人,但事业并不是很稳定,因为竞标有线公司失败又搬到了无线台。

刘伟: 美国中文电视台在用人方面有没有文化程度和专业方面的要求?

蒋天龙: 现在我们台里有150多个人,一半以上都有新闻专业的硕士学位。记者有10多个,分别在波士顿、芝加哥、华盛顿、旧金山、洛杉矶;编辑有二十几个;采编有80~90人。

刘伟: 美国中文电视台在美国华文媒体中的优势对当地华人和主流社会有什么影响,可否举一些案例?

图 1 美国中文电视台总裁蒋天龙(左)接受笔者采访

图 2 美国中文电视早期信号覆盖区

蒋天龙:美国中文电视台在广告业上的收入以每年两位数在递增,仅汽车业、保险业、药品业等就已经占我们广告总收入的 50% 以上。美国中文电视台过去只有在大纽约地区才可以观看,现在是在全美国都可以观看,有两个频道:一个是中文频道(无线 63.4 和有线 73 台),另一个是英文频道 63.3,全部是 24 小时播出。每天从早上 9 点到晚上 11 点,有 11 档滚动整点新闻,其中包括午间半小时新闻,晚间 7 点的半小时新闻,还有晚间 10 点整的一小时整点新闻,主要是以当地华人华侨关心的内容为主,用他们的思维方式、话语习惯、价值观念来处理新闻资讯,提高媒体的服务性,以快捷准确的社区报道吸引着无数华语电视观众,比如韩亚航空空难、波士顿大爆炸案、旧金山总领馆爆炸案、华盛顿华人被杀案等,我们都在第一时间做了报道,比纸媒和同行都快很多。

刘伟: 美国中文电视台对未来的发展有什么思考?

蒋天龙: 美国中文电视台的英文频道除了我们自己的节目外,还有中国中央电视台英语新闻的转播,另外我们还和上海外语频道合作,每天有上海外语频道提供的 4 小时文艺节目,比如旅游、烹饪、时尚、武术等方面的节目,还拍摄了一档叫《拳心拳意》的节目,预计在 2014 年的四五月推出。

美国中文电视台的英文频道马上也会和上海外语频道合办一档每周半小时的节目《魅力都市》,主要把两地在文化生活方面的一些比较前卫的东西用小专辑的形式向大家介绍,比如婚礼、建筑等。

刘伟: 美国中文电视台在政治舆论上对当地华人权益有什么影响?

蒋天龙: 像吉米案子,全美华人各个组织都参与了这场示威行动,我们的记者也与当地连线进行了报道,引起了全美华人的重视,使得全美华人的签名超过了 10 万人,迫使美国政府出面答复。还有就是这次的钓鱼岛事件,当地华人华侨都组织了示威活动,到当地的日本使领馆进行示威,我们也进行了报道,等等。

图 3　美国中文电视台受到纽约市长彭博的肯定,
图为总裁蒋天龙(右)与纽约市长彭博(左)

刘伟: 非常感谢!

附：美国中文电视台简介

美国中文电视台成立于 1990 年,是北美地区最有影响力、最具规模的中文电视台之一,为大纽约地区的观众提供高素质的电视节目。我们谨记"面向地方观众,向主流社会靠拢"。

2011 年 1 月,美国中文电视台正式开启了 24 小时全天候数字频道的播出,并全天在有线电视 73 频道播出。我们承诺,以成功的策略,多频道的平台,打造服务华人的知性资讯台,致力成为大纽约地区华人电视传媒的引领者。

美国中文电视台总部位于纽约曼哈顿中城,在曼哈顿下城、皇后区和布鲁克林都设有分部,并在波士顿、华盛顿、芝加哥、旧金山、洛杉矶和休斯敦设有记者站。

频道介绍

有线频道 73

数字频道全天候 24 小时播出平台

• 美国中文网

网络在线直播 tv.sinovision.net 和 en.sinovision.net

• 手机平台

iPhone 和 Android 手机 App

• 平板电脑

iPad 和 Android Pad 平板电脑

同时在以下频道播出数字频道

• 有线频道 73

周一至周四:6:00am—次日 1:00am

周五至周六:6:00am—11:00pm

周日:8:00am—11:30am,2:00pm—5:30pm,8:00pm—11:00pm

• 同时在 Time Warner Cable—73、Verizon FiOS—26、Cablevision—73、RCN—80 频道播出

(整理者:金晓春)

美国"中国广播网"创办历程与在地影响
——访"中国广播网"创办人、台长程蕙

人物简介

> 程蕙,原台湾地区"警察广播电台"播音员,美国纽约"中国广播网"创办人、现任台长。

采访时间:2014 年 2 月 28 日

刘伟:请介绍一下"中国广播网"创台的历史和相关资料。

程蕙:我是 1980 年从台湾到美国的,当时在纽约地区没有普通话的广播电台,唯一的一个台是广东话的广播电台,而且当时用的还不是大家所熟悉的调频广播,也不是海外传统用的短播,而是 FM 副调频广播,就是把编带播解析出来然后用一个专用的收音机来收听,它的好处是不需要经过美国 FCC 授权的一个电台,相当于用美国的一个 FM 电台来播它的一个编带播,所以很便宜。

图 1 笔者在"中国广播网"纽约法拉盛办公室采访程蕙台长

1980 年的时候买一个电台要 1000 万美元,买一个 FM 频道要七八千万美元。美国电台的执照是美国政府发的,因为美国电台可以买卖,所以它是有偿的,并不是无偿供应。当时在纽约的华人并不多,还不到 20 万人,做生意的多半是广东人,所以当时的广告市场要支持一个想从事广播工作的人几乎是不太可能的,因为市场不能负担一个电台,甚至只是租一个电台都不容易。当时租一个 FM 副调频广播,一个月的租金也要五六千美元。

来美国之前,我就已经在台湾地区"警察广播电台"做了 12 年的播音员,因为年龄也接近 30 岁了,觉得还是老本行比较熟悉,而且当时我觉得来自大陆的移民会比来自台湾的移民和来自香港的移民多,我就想看有没有机会来做一个普通话的广播电台。所以我在 1986 年的时候和薛纯扬一起开了侨声电台,大概合作了半年,我就退出了。1987 年 3 月 1 日,我开了自己的"中国广播网",当时我用的是副调频,也是租来的,租金大概 9000 美元一个月。1998 年 9 月,我花了四五百万美元买了一个 AM 电台 1240。

刘伟:当时创台的目的是什么?为什么去创台?

程蕙:当时没有播普通话的节目,也因为我自己是做主持节目出身,所以觉得我应该做这样一个节目,当然也给自己一条出路。虽然当时讲广东话的人比较多,但我觉得普通话应该才是中国人讲的主要语言,而且 1979 年中美建立邦交之后,移民美国的华人和留学生也是逐年增加,讲中文的华人也越来越多。刚开始为了找一些节目,我都是跟台湾的电台同行、同业的人联系,请他们来支援我,给我一些资料等。

刘伟:作为台湾的播音员,您如何适应大陆听众的需求?

程蕙:我自己是从台湾来的,对大陆很陌生,甚至我对大陆语言的使用方式、播音方式等都很陌生。由我们来讲大陆的事,有的时候难免会带一些偏见,而且广播是软性的,尤其是针对海外的华人而言,他们更多地会喜欢来自家乡的声音——乡音,所以在 1988 年的时候我和当时的中国国际广播电台有一个合作机会,他们主动提供新闻给我。每一天,他们都用电话给我送五分钟的新闻,每一个礼拜用寄录音带的方式给我提供每个晚上半小时的各种不同的专题,当时我并没有严肃地去考量政治方面的问题,而且我觉得如果请一些知名的主持人,对电台市场的开拓也是有帮助的。

现在和中国广播电台合作反而更多,我记得他们有一句广告词蛮有意思的,即"只要有海水的地方,就有华人,希望这个声音可以随着海浪带给大家"。所以当时他们给我的专题也都是不错的,比如海外华人要到中国去,要如何去办理签证,还有来自中国的流行音乐、保健中医、中药方面的知识等。现在我们电台各栏目都是自己发挥,不做文稿的审核,我们是属于服务性的电台,主要是以服务华人为主,广结善缘,所以是避开政治的。

刘伟: "中国广播网"未来有什么前景? 您有没有什么新的措施,或新的想法?

程蕙: 我个人是这样觉得的,1987 年我开这个电台的时候,我最希望把它定位在一个专业的广播,分众广播。那时候只想做一个新闻和音乐的电台,主要有两点:一是人力可以用到最省,二是材料易取。但开播的第一天,就有人打电话来说"你这是什么电台,怎么什么都没有",于是后来就什么都做,成了综艺电台,并且一直维持到现在。至于未来,我觉得广播会更单纯化。

图 2　美国"中国广播网"标志

刘伟: "中国广播网"创台以来在华人社区中有什么影响?

程蕙: 我觉得会听中文广播的人一般是英文不好的人,他们比较依赖华人的媒体。不管是广播、电视还是报纸,他们希望借这样一个平台去了解他们在美国的生活,这也是"中国广播网"的一个最主要的功能。第二个功能就是情感上的,他们需要通过一个广播去让自己感觉自己并不是在异乡生活,他们需要听到祖国的一些新闻和声音。所以"中国广播网"给生活在异国的海外华人提供一种精神上的满足。第三个就是电台也会成为他们活动的一个地方,比如办一些演讲比赛,办一些美食的节目,号召他们参加一些活动,给当地的华人提供一个业余的娱乐。

图 3 美国"中国广播网"积极组织社区活动

刘伟: "中国广播网"对主流舆论有什么影响?

程蕙: 第一,随着华人的增加,选票的力量让主流媒体对华人社区、华人媒体更加重视。他们会通过华人媒体的宣传来争取更多华人的选票。第二,当华人社区受到了任何权益上的伤害,包括发生意外,需要争取应有的权益的时候,只有华文媒体积极报道,主流媒体才会重视华人的声音。假如华文媒体对自己的华人权益都不重视的话,那么同样,主流媒体也不会去重视。只有华人真正通过自己的媒体,包括华文报纸、华文电视、华文广播、华文网站等,对这些事件给予重视,主流媒体才会重视。我们作为华人的媒体,最重要的就是要让主流媒体听到华人的声音,还有就是媒体本身的合作,团结最重要。华文媒体之间虽有竞争关系,但在维护华人权益上是一致的。

诚如文化部副部长杨志今先生在第六届世界华人华侨社团联谊大会上所说的"华人华侨是中华文化核心价值理念在海外的重要承载者与传播者","文化是民族的血脉,是我们的精神家园"。他的这些话,让我们在经营媒体的同时,也感到任重道远,以及更深层次的使命感。

附:"中国广播网"简介

纽约"中国广播网"是美国东海岸地区唯一每天 24 小时同时采用调幅和调频副载波双频广播的中文电台。播音范围覆盖纽约曼哈顿、皇后区、布鲁克林、史丹顿岛及新泽西州和长岛地区、纽约上州。

该台节目包括海峡两岸暨港澳深入报道、全球重大新闻;富有特色的专题广播;多元化音乐、戏曲、文学节目;指导性强的《移民生活》《英语教学》《医药保健》《工商时讯》等。

1988 年 2 月,纽约"中国广播网"首次在空中发声,迈出了中文普通话电台在大纽约地区发展的第一步,为纽约及洛杉矶、休斯敦华人播送新闻与华语歌曲;1998 年 10 月,为了增加节目覆盖地域,纽约"中国广播网"增辟 AM1240 播音,内容包罗万象,兼顾海峡两岸暨港澳听众的需求,同时也融入大纽约地区的文化与生活特色。

纽约"中国广播网"的合作电台包括联合国华语电台、中国国际广播电台、中央人民广播电台、北京电台、天津电台、上海文广新闻传媒集团及台北中广等。

(整理者:金晓春)

电视节目活动化、活动电视化，加强中美联动
——采访美国 ICN 广播电视台创办人、副总裁李丰

人物简介

　　李丰，福建福州人。2009 年与其胞姐李燕（原福建省长龙影视公司制片人）一起，以俏佳人传媒股份有限公司名义收购台湾国民党的党产——美国国际卫视。2009 年创办了美国 ICN 电视台，2010 年收购美国侨声广播电台，成为中国第一个进入美国数字无线电视的中国传媒企业。先后获得文化部、商务部、广播电影电视总局、新闻出版总署等授予的"国家文化出口重点企业""国家文化产业示范基地"等多项荣誉称号。

采访时间：2015 年 1 月 9 日

　　刘伟：请介绍一下 ICN 的创办过程。

　　李丰：大家可能对俏佳人传媒比较熟悉，其原来主要从事老电影、开设《看电影学汉字》等知名节目。俏佳人传媒作为中国和海外文化的沟通者，和国内很多文化企业一样都看到了海外市场的潜力，希望脱离文化交流以及找海外代理的旧模式，让中国走出去。2009 年我们以中资背景、民间的面孔，赴美国收购了台湾国民党的党产——美国国际卫视。从此俏佳人传媒在美国拥有了自己的电视台——ICN，2010 年又收购美国侨声广播电台。俏佳人传媒因此从一家音像出版公司转型为跨国传媒公司。

　　刘伟：ICN 有自己的特色和品牌吗？

　　李丰：文化部来访的一位官员把俏佳人传媒业务模式概括为"电视节目活动化、活动电视化"，并加强中美联动。俏佳人正是通过这种有机融合，将中国和海外文化进行了有效的沟通。

图 1　李丰副总裁在介绍 ICN

图 2　李丰副总裁（中）接受笔者和来自厦门大学、哥伦比亚大学
访问学者苏俊斌副教授（左）的采访

在内容上，俏佳人决定打造自己的品牌栏目。目前，由 ICN 自制《游在中国》①、

---

①　《游在中国》是美国 ICN 国际卫视推出的一档面向美国观众，介绍中国风光、风土
人情的电视旅游节目。通过一名美籍英语主持的视角，介绍美国人眼中不一样的中国形
象和美国人最感兴趣的中国特色文化、美食等。这是美国人眼中的中国美景。中国要走
出去，必须通过旅游将外国人请进来，体验中国才是最好的宣传。《游在中国》用最国际化
的节目制作理念，表达最具中国特色的内容。拍摄不是目的，展示旅游资源，助力打造旅
游品牌国际形象，吸引更多的游客走进这里才是目的。通过丰富的国内外媒体资源，真正
实现播出效果最大化。制作方面，俏佳人与中国各个电视台、各地旅游局密切合作，安排 7
个摄制组在中国拍摄，并且联动广播、电视、纸媒、户外等多种媒体进行宣传，在中国业界
很有影响力。

《游在美国》①、《星光灿烂》②、《中国功夫》等丰富多彩的节目正在上演。

刘伟：除了电视节目，ICN开展什么活动引起关注？

李丰：我们的活动非常多，也很受欢迎，影响也很大。如"ICN北美2014欢乐春节系列活动"，包括"好莱坞中国新年晚会"在金球奖颁奖圣殿比弗利山庄希尔顿开幕。当天邀请了美国政要、商界名流，其中有美国联邦众议员Ed Royce、美国联邦华裔众议员赵美心、中国驻洛杉矶总领事馆文化参赞车兆和、美国首位太空人巴兹·奥尔德林（Buzz Aldrin）、美国South Coast Plaza执行董事Werner、ICN国际卫视总裁李燕等，活动要求各族裔以中国最传统的年俗向全球华人和亲人拜年，成为俏佳人传媒成功打响海外新春联欢的第一炮。"全球有316家美国主流媒体转载报道，ICN北美16个频道、ICN中英文官网、优酷娱乐、腾讯视频、ICN春晚官网、ICN移动台APP客户端实现全球同步直播、现场直播，这是首例。"

除了春节晚会，从2014年1月18日至26日，也就是春节前后，ICN欢乐春节活动在亚太博物馆、比弗利希尔顿、好莱坞环球影城、LAX喜来登酒店、南海岸广场、中国驻洛杉矶总领馆官邸、亨廷顿图书馆7个不同的场地分别进行中国传统文化演绎，为美国民众增添中国马年新春喜气洋洋的浓浓年味。

---

① 《游在美国》是《游在中国》的姊妹篇，得到美国旅游局、美国各大购物平台等各领域的支持。2013年10月，ICN自制节目《游在美国》开播，第一集去实地体验好莱坞环球影城万圣节恐怖夜和二战时期的著名鬼船"玛丽王后号"黑暗港口。观众对节目非常肯定。历经一年的筹备，希望以不一样的角度体验美国生活，这是中国人眼中的美国美景，为中国电视观众讲解美国某城市吃、住、行、游等方方面面，通过电视呈现，影响了场上场下的观众和游客，零距离感受到美国独特文化和魅力。目前，《游在美国——探索66号公路》正组织一批摄影家、媒体、旅游爱好者探访美国的母亲路，体验66号公路沿途城镇风情及奇异风光。并同期拍摄真人秀节目《老爸，你在哪儿》，邀请留学生在国内的父母到美国跟踪拍摄，让父母体验美国。

② 2013年7月，ICN国际卫视大型综艺节目《星光灿烂》（American stars）圆满完成录制，一时成为全美华人争相讨论的话题，到场观众赞叹这是第一次在美国参加如此正规的中美合璧达人秀节目录像。在《星光灿烂》的大舞台上，表演精彩纷呈，竞赛紧张激烈，许多金发碧眼的美国选手纷纷登台参赛，欲凭借ICN国际卫视《星光灿烂》的大舞台抢滩中国演艺圈。此外，《星光灿烂》与国内各大电视台已取得密切联系，并与北京电视台正式签订交换选手。一些选手通过《星光灿烂》的舞台登上了ICN2014北美电视春晚，也参与了国内各大电视台演出，ICN还将为年度总冠军签约发行唱片。借着《星光灿烂》在美国的影响力，ICN举办了"美丽中国·星光灿烂特别专场"系列活动，联合旅游局把中华文化推向海外，有力地促进了当地旅游业的发展。其中"美丽中国之安徽·星光灿烂特别专场"节目的重磅推出，将安徽之美深深烙印在观众的心中，让观众对安徽产生了浓厚的兴趣。

图 3　ICN 在美国组织中国新年活动

图 4　ICN 在美国华尔街主办"北京风韵中国画展"

还有策划邀请冯小刚导演到好莱坞 TCL 中国剧院参加手印礼,当时有北京市广播电影电视局局长李春良,中国驻洛杉矶总领事馆及洛杉矶市政府的有关官员,华谊兄弟传媒股份有限公司董事长王中军、总裁王中磊,以及徐帆、张国立、邓婕等重磅嘉宾。

图 5 ICN 与北京旅游发展委员会合作,功夫熊猫亮相纽约中央火车站

另外,"北京电影北美展映"活动和"北京影视日"活动是北京广电总局和俏佳人传媒的合作项目,通过美国 ICN 电视联播网组织"北京影视日"专题活动,通过展映展览和节目录制播出,展示北京影视艺术创作成果。

刘伟:ICN 在美国的节目和国内的有什么区别?

李丰:央视春晚的定位是给世界华人看的,而我们打造的晚会是世界华人参与的,走的是差异化道路。俏佳人的主营业务,就是打造对外文化交流精品项目,面向世界展示中国璀璨文化的大型文化盛事。

另外,美国中文电视主要关注美国本地的华人社区新闻,ICN 则是与国内电视台合作,向国内介绍美国,向美国介绍中国。

刘伟:ICN 是如何在美国发挥影响,走入美国主流的?

李丰:刚才提到的冯小刚手印礼活动,这是中国第一位导演走进好莱坞,

图6　ICN 积极组织中国文化活动

也是作为首位大陆导演举办个人影展，并在洛杉矶 TCL 中国大剧院进行手印典礼。这个活动进一步将中国电影和电影人推向世界、走进国际市场，是增强美国人民对中国电影的了解、促进中美电影界的交流合作的平台。

如何更好地将中国节目融入美国社会？如何发挥 ICN 的品牌影响力？这一直是我们思考的问题。所以我们不断地学习美国文化，融入美国社会，促使我们成为北美影响范围最大、收视人口最多的亚裔媒体。

我认为，如果只是"差转台"，不会有自己的品牌影响力，唯有自制的节目是独一的。从采集别人的优秀节目到自制的优秀节目，要进行一个思想的转变。这几年，俏佳人传媒与 ICN 数字无线频道凭借精彩的内容和专业的水平赢得美国观众的喜爱，在为当地经济发展和文化多元化做出贡献的同时，ICN 已成为中美两国文化交流的桥梁和使者。

（整理者：金晓春）

华文媒体可以帮助消除对华人的偏见

——访原新泽西中央电视台台长柯伊文

人物简介

　　柯伊文,1946 年出生在厦门鼓浪屿海坛路 11 号。1949 年去台湾。工作在台北,住新北头。在辅仁大学学习,会西班牙语、德语、法语和英语。1964 年入伍,在空军作战司令部做教官,一年后到台湾"中央"电台,负责对大陆厦门广播。1968 年到美国哥伦比亚大学念西班牙语,后转学到纽约大学。1972 年毕业,获得西班牙国家奖学金,到巴塞罗那大学攻读西班牙文化史博士学位。1975 年参加筹办《世界日报》。1973 年,在纽约注册"美国菁华通讯社"(CHN),2001年"9·11"事件后,从日本人手中买下电视台,创办"新泽西中央电视台"。2002 年 2 月 1 日,正式接收新泽西中央电视台并任台长。

采访时间:2013 年 2 月 18 日

刘伟:请谈谈您的家庭背景和媒体从业经历。

柯伊文:我母亲是安溪人,从日本留学回国。父亲是台湾情报员,惠安人。当时蒋介石有一个"国光计划",把福建特别是惠安等闽南一带的人都抓去培训做情报员。因为会日语,父亲受训后被派去日本、南洋,成为《明报》日文特约作家,笔名"高兴"。叔叔柯俊锡在菲律宾办了《大中华日报》,也是国民党派去的。当时在美国,约有 64 份报纸,办报人都是情报员,国民党文工会每月资助这些媒体大约 4000 美元。所以报纸也都受到国民党的监控。1992 年,李登辉上台后,卡了海外媒体的经费,结果一家家报纸倒掉了,连孙中山创办的《中华新报》《少年中国晨报》这些近百年的报纸都活不了了。

　　我 1973 年到主流报纸《西班牙论坛报》任帮办,其间还去美国皇冠书店工作,斯诺的《西行漫记》也在此出版。1995 年,台湾《联合报》董事长王惕吾向蒋经国写报告,要批 180 万美元到美国办报,后马克仁带 20 多位学生,和李厚维合作办《世界日报》。初期我也参与了,后离开。1973 年结婚,太太黄女士。
1974 年,我在台湾做《中华日报》体育编辑。

1976 年,我协助《人民日报》海外版在纽约开办,1973 年在纽约注册"美国
菁华通讯社"(CHN),属下的"新泽西中央电视台"是 2001 年"9·11"事件后,
从日本人手中买下的电视台。原来的办公地址在纽约 57 街西 520 号,2002
年正式接收后,搬到新泽西州的东布朗斯维克市。2012 年,随着我患病住进
老人院,电视台被变卖关闭了。

图 1　柯伊文(左)与印度裔看护

图 2　柯伊文在住所接受笔者采访

刘伟：新泽西中央电视台的主要业务和内容是什么？

柯伊文：我们拍的节目主要卖给马来西亚、中国大陆及港台。台里有 14 人，主角每小时 100 美元，一般的只给路费。每月要 23 万美元的开支。平均每天拍两个主题。我拍过大型纪实专题片《罗马天主教》，记录利玛窦神父在中国传教。我为大陆来的摄影师提供了一个跳板，有 30 多位来申请我电视台的工作。

我在 1976 年编了一本《美华名人录》，是参考《美国名人录》，在美国出版家协会帮助下，在美国皇冠书店出版，每本 56 美元。

后来我把《美华名人录》拍成电视片，拍了 40 多个人，包括邢天佑、胡运熹、林洁辉、爱新觉罗·恒懿等。我还拍过一个来美的山西妇女，在酒店里洗马桶，培养了两个儿子获得白宫奖学金的事迹。还有福州人办自助餐的成功创业故事等。希望改变人们对华人的偏见。

（整理者：金晓春）

周报、杂志

办一份属于在美华人自己的地方刊物

——访《汉新月刊》《新象周刊》创办人、总编辑李美伦

人物简介

　　李美伦，毕业于台湾东海大学，曾任台湾商务和贸易英文周刊、月刊记者三年。1985年赴美留学，获得美国俄克拉荷马城市大学大众传播硕士学位。前《世界日报》新泽西州记者，美国新泽西州《汉新月刊》《新象周刊》创办人、主编。

采访时间：2013年3月8日

刘伟：您是新泽西州成功的媒体人。可否介绍一下您从事媒体工作的经历和创办《汉新月刊》（以下简称《汉新》）的时间及主要内容？

李美伦：我在台湾东海大学毕业后在台湾商务和贸易英文周刊、月刊当了三年左右的记者，对业界做了很多采访。我在1985年1月到美国俄克拉荷马城市大学读大众传播一年多，并获得了奖学金。当时老师邀请了一个美国社区报纸负责人来校举办讲座，介绍如何办好社区报纸和坚持走草根性、与读者接触的方向，这让我印象深刻，鼓励很大。我在学生时期曾去过达拉斯，看到了一些华文社区的报纸，而当时新泽西就没有。1986年5月，我拿到美国俄克拉荷马大学硕士学位。毕业后结婚并来到了新泽西。我当时曾筹备一件鲜为人知的事，想做一份社区报《博根华报》，小样都做了，但没有印出来，可能当时还比较幼稚。我1987年进入美国新泽西州的《世界日报》当记者，1991年离开《世界日报》，同年9月创办《汉新》，共16版，内容包括：专题、社区、教育、财经、休闲、美食、专栏、小说、散文、新诗、工商等。

刘伟：您创刊的初衷是什么？

李美伦：当时曾经有一个广告客户跑来问我出杂志的目的是什么，将来的理想在哪里，后来我对他说："新泽西州有六万华人，但却没有一份属于自己的刊物，所以我觉得我们这里需要有一个地方的杂志。"然后他又问我，那想要做

图 1　李美伦总编辑(右)接受笔者采访

到什么程度,我当时的回答是:"我并没有想这么多,我就是想做一本(当地的)杂志。"但其实我发现,二十一年前我的想法和二十一年后现在的想法是一样的。

这让我又想到 1985 年那位美国社区报人说的那些话。这里有《世界日报》,是一份全国性报纸。而《汉新》没有财团支持,我如何能立足?我想就是要和当地联系起来,我走的路线是以报道新泽西当地的新闻、故事为主,这里的人要了解的美国法令有什么改变、在这里生活上会遇到什么问题等。我不做我的母国的东西,包括台湾、大陆发生什么事,在流行什么,人大开什么会,我觉得这些读者可以通过网站或其他大媒体来了解。我找到我的读者的需求在哪里,可以说,做好新泽西当地社区的媒体,我是最早的一个。当时《世界日报》新泽西社区版就是我做起来的。我当时一个个打电话联系,把社区社团联络起来。你问一下《汉新》的老读者,许多人把刊物存下来,不是因为我钉几个钉子,而是刊物内容有保存的价值。记得西温莎市有位读者,看了《汉新》后说,原来新温莎有这么多华人,过去每天来回纽约上班,以为只有他一个华人。我告诉他新泽西当时有 6 万华人,西温莎有很多华人,附近还有中文学校、华人社团等。《汉新》刊登了许多华人原先不知道而又非常实用的资讯。可以说《汉新》出现,在当时华人社区是很震撼的,这也是《汉新》对华人社区的贡献。一个刊物生命力不在于出得早还是出得晚,而在于它对于读者有没有用。

图 2　1991 年 9 月《汉新月刊》创刊号

刘伟:除了以上,《汉新》对当地的华人还有过什么影响?

李美伦:《汉新》还扮演了一个角色,华人社区有什么事会找我们,我又是很热心的人。如我们第二期就报道台湾人杨宝凤冤狱一案,在美国华人社区引起了很大的轰动。杨宝凤是一家人的保姆,其照看的孩子不小心烫伤,杨宝凤电话询问孩子家长,家长表示先不要送医院,当时可能有些语言的困难和误解,造成她冤狱。经过我们一起努力并促成一个蒙冤获罪的华人获得平反,非常不容易。这使得《汉新》成为华人社区华人之间以及与美国主流社会之间联系的桥梁,为此《汉新》当时和叶真宗(音)一起专门开通了一条“华人热线”,免费帮助华人解决各种生活上的问题。

后来慢慢又出现了许多华文刊物,包括《纽华》等。我又开始思考我自己扮演什么角色,我看这些刊物和我的思路不一样,如果有一个和我同样思路的刊物,甚至比我做得好的话,我会考虑退休。可惜还没有。我很感激我的读者,因为他们认可了我。

刘伟:《汉新》出版年头迄今已有 21 年,之所以受到欢迎,您认为她的生命力得益于什么?

李美伦:我曾写过这样一篇文章叫《牛奶哲学》,牛奶是一种饮料,但后来的饮料种类越来越多,不断翻新淘汰,但牛奶一直生存下来。它和我的《汉新》有三个共同的特点:第一,便宜,大家都消费得起。我原来还是免费的,现在大约是一半送,一半订的,售价是 1 元美金,寄到家的只够支付邮费。第二,便捷,随处可见,甚至在一些杂货铺、超市等都可以买到。对订户还是邮寄到家的,非常方便。第三,对人有益,对人身体、心灵等等都有帮助,被人喜爱。这也是《汉新》为什么可以生存到现在的原因。

同时,我们很关注当地华人,关注华人身边的事情。

如我们还采访了当地各行各业的华人,他们很了不得的,包括一般移民(包括当年该刊对笔者的采访,题目是"智者的选择——路可以这样走"),他们找到自己在美国的定位,有各种各样的成功。还有"点将录",就是介绍华人中的精英人物,点了十多人。

最近我注意到,一些上年纪的华人退休了想搬家到外州,我就推出诸如"新泽西人在亚特兰大"话题,让大家了解一些华人搬到外州,如到亚特兰大生活的情况,他们适应不适应,那边的生活水准怎么样,等等,很受读者欢迎。

人常说"好男不当兵,好铁不打钉"。但随着华人当兵新观念的变化,越来越多华人子女报名参军,于是我们推出讨论读军校的专题报道。

我们做的关于新泽西有哪些好去处之类的专栏,读者觉得很有用。因为我们不是仅仅用网上的资讯,还加上自己亲身的观察体验,就比较鲜活。不过我更喜欢华人关心的话题,就像上面谈到的那些。

图 3   内容丰富多彩的《汉新月刊》

《汉新》创刊 21 年来,从不脱刊,到现在一共有 259 期了,现在信息很发达,获得也很容易,连打字费用都不要了。但我一直坚持原创,除了专题报道,连"汉新文学奖"我都是用原创,迄今已经 21 届了。我们还有高水平的作者专栏,包括刘墉、黄翔、孟丝、青梅、五月……另外,我们有一批优秀的记者和写手。而且我们十几年前就有网络电子版了。

刘伟:《汉新》的广告价格怎样?

李美伦:我们的广告一直比较强调保持价格。我不赞同把广告做得很低价格,5块10块的,没有必要。我为什么作践自己?结果要克扣自己的员工,不能花钱去找一些原创的文章?降价造成恶性竞争,有什么好处呢?

我办刊物,最早没有考虑自己挣不挣钱,但现在还是要考虑盈利,因为没有资金就无法办下去。

刘伟:《新象周刊》(以下简称《新象》)是什么时候出刊的?为什么要办?它和《汉新》会不会有什么冲突?

李美伦:《新象》是《汉新》出刊了五年后创办的。为什么要办?我有两个考虑,首先从生意方向看。我闲暇的时候很喜欢到书店看书,曾在一本美国杂志看到一篇文章,讲的是一个杂志的老板,他创办了各种杂志,这些杂志的老板是同一个人。有人说《汉新》办《新象》是不可能的,好像是自己和自己竞争。但是我受了这篇文章的启发,不这样想。好比有四份木匠的书,有三本是一个老板的,人家选一本,就有3/4的概率是选你的,看似竞争,但实际都是我的,这种观念今天看起来没什么,但在十几年前是比较超前的。其次从受众方面看,读者还是有不同区隔的,《汉新》读者比较稳定,多是已经来美一段时间,有家有稳定收入的华人。《新象》读者有不少是新移民,比较不稳定,还没有成家,当然不是百分百的区隔,但也说明还有一些不同的市场。所以我才在1995年又创办了《新象》,这样把不同的市场都铺满了。如果你二选一,还是我的。

许多台湾人是不拿超市中的免费报纸的,所以开始时也没有拿《新象》,就像《多维时报》什么时候关了,他们都不知道。《新象》随着中国大陆移民增多而越来越红火。不过当时没有电脑排版,是算字数、手工排的。最早是请李宁来做总编辑,很辛苦,他是《新象》的功臣。李宁是个才子,他有很多理想。我不太管事,放手让李宁做得轰轰烈烈。

我也不会去别的报社挖墙脚。当时有一个报社的编辑来应聘,说如果她来了,对方就倒了。但我没有录用。

刘伟:《新象》的创办初期以及政治立场、版面、发行量等大致情况可否介绍一下?

李美伦:不论《汉新》还是《新象》,我是比较中立的,都不谈母国的政治,也就是不谈大陆和台湾的政治。美国的政治当然要管,在美国生活就要和当地

图 4 《新象周刊》

政治联系在一起,脱离了当地政治怎么生存?有些华人常说,我不参与政治,似乎很清高,但是一旦遇到问题了,就拼命要找议员,可是你平时不投票、不捐钱,到时候就不一定有人帮你。很多华人出来参选,常常有人非议,但我认为要积极支持,除非这个人人格上有大缺陷,只是一些小问题就不要计较。

不过我觉得,无论是中国驻纽约总领事馆,还是驻纽约台北经济文化办事处来新泽西参加活动,都应该作为新闻进行报道。尤其是华人参政更要积极报道。

《汉新》发行量从12000成长到17000,这是我和家人自己创办的,创刊时先是在东布朗斯维克,现在爱迪生市。《新象》一直有三个股东,我是主要创办人。发行量原来也是12000,现在是56版,发行量一般维持在15000~18000左右。创刊时在爱迪生市27号路边办公,现在在麦塔城市。

刘伟:非常感谢!

(整理者:金晓春)

美国华文媒体基本是海峡两岸暨香港意识形态的延伸

——访《多维时报》《明镜》月刊创办人何频

人物简介

何频,1965 年出生,湖南长沙宁乡人,中文专业,1983 年加入湖南省民主党派工商联(当时 18 岁),后一直从事媒体工作,曾任湖南人民广播电台编辑,湖南社科院杂志编辑,《深圳法制报》送报员、记者、编辑、编委兼新闻部主任。1986—1989 年曾任香港《明报》特约记者。1989 年赴加拿大多伦多,创办《新闻自由报》,1991 年在加拿大创办明镜出版社,1991—1993 年在加拿大《中国时报周刊》任特约主笔、纽约副主编等。1993 年任台湾《中国时报》主笔。1997 年起分别创办"多维新闻网"、《多维时报》、《今周刊》,2010 年离开"多维新闻网"后,又创办《发现》周刊。同时还在 1991 年起陆续创办包括《明镜》月刊、《外参》等 11 份杂志和明镜出版社、领袖出版社等 6 个出版社及电子书等,现已形成几大出版集团,包括明镜出版集团、明镜杂志集团、明镜电子书集团、明镜网络集团等。

采访时间:2014 年 10 月 23 日

刘伟:您对美国华文媒体作何评价?

何频:我对 1990 年前的华文媒体不太熟悉,对此之后的美国华文媒体总的评估是,现在的美国华文媒体基本是台湾、香港和大陆(内地)媒体和意识形态的延伸,香港有《星岛日报》《明报》;台湾有《世界日报》《自由时报》《中国时报》;大陆有《侨报》,其他电视台、广播基本也是如此。大多数报纸尤其是社区小报都是同仁、有共同爱好或者家族式的在艰难地孤苦伶仃地经营着,挣点小钱而已,因此我认为,美国至今还没有真正形成一个强大独立、本土化的华文媒体。

图 1　《多维时报》《明镜》月刊创办人何频

图 2　笔者在法拉盛采访何频先生(左)

从发挥的作用来说,小的华文媒体,生存困难,没有好的记者,没有较强的采访能力和翻译能力,更无法做深入的报道。一般是网上搜一些,加上几篇社区报道。办报纸只是给华人解乡愁,但实际有些媒体报道是增加了乡愁,这是错误的,是舆论导向问题。大的华文主流媒体有一定专业采访能力,有稳定的财政收入,在美国商业发挥非常重要的桥梁作用,但是这些媒体太社区化,每天从这个会跑到那个会,报道对象很多只是社团、商家的活动,无聊的重复报道,乏味且没有创造性,浪费记者的专业技能。好的社团发挥很好作用,值得报道。但也有非常令人厌恶的招摇撞骗的社团,找三五个人,只是弄个会长主席头衔,对当地没有贡献,没有什么经济实力,回去国内参加接见之类,许多记者也不喜欢,但又不能得罪这些社团商家。这是很悲哀的,希望他们会清醒过来。

我认为华文媒体应该帮助华人进入当地主流社会,深入华人社区报道华人的困难和问题,帮助华人在地生活,帮助华人的专业、商业发展,而不是简单的浅薄的报道。内地(大陆)、港台有很优秀的记者,到这来成为社区社团的记录员,作用萎缩了。

刘伟:请介绍一下您创办媒体的经历。

何频:我17岁在湖南人民广播电台任编辑,后到湖南省社科院院办新闻部主任,1986—1989年曾任香港《明报》特约记者。1989年赴加拿大多伦多,创办《新闻自由报》,1991年创办《明镜》杂志,在香港地区和加拿大发行。1991—1993年在加拿大《中国时报周刊》任特约主笔。1993年任《中国时报》周刊副主编、《中国时报》主笔等。

1997年创办"多维新闻网",收购《美东时报》,并改造成《多维时报》。2004年创办《今周刊》,力求办成独立的、原生态的本土化的报纸,报道中许多是很有分量的深入报道,有的报道有七八版。2010年离开多维,仅半年该报就关闭了。

我现在创办的杂志有11份,包括《明镜》月刊、《外参》等,其中10份全球发行,1份在新泽西。还在美国、中国的香港和台湾地区有6个出版社,包括明镜出版社、领袖出版社、哈耶出版社、国史出版社等。另外还创办全球性的电子书,是单独的技术和销售系统。并且形成几大出版集团,包括明镜出版集团、明镜杂志集团、明镜电子书集团、明镜网络集团。电子书集团在香港还有实体书店。

刘伟:您当时创办多维的理念是什么?

何频:就是要影响有影响力的人,就是三种人:有钱、有思想、有权力。所以我们总是深入地调查报道华人社区的问题、华人的生活。我们的报纸不是给那些普通人消遣,看完丢掉了事。影响这些人的华文媒体已经有很多,我办的报纸要高端人群喜欢看、看不完舍不得丢。如果不能影响高端人群,不能影响领袖人物,就没有核心竞争力。

我 1990 年来时,就试图创办一个真正关注民生的海外本土媒体,华人既然来美国了,就要立足于美国,就应该有独立、原生态、有专业品质的专业媒体。这是我创办多维的根本动力所在。

刘伟:多维何时关闭,为什么?

何频:2010 年,我主动离开了多维,不是传说那样我把多维卖出去了。因为我无法做我不能控制的媒体。我不愿意和一些国内的商人合作,我不愿意有人也许出于某种原因,在没有通过我和董事会同意的情况下,把股份转让出售给于品海,最终半年内把一份盈利的、有自我生存能力的《多维时报》和《今周刊》关掉。这对我来说是很悲哀的,我只能说很遗憾。

刘伟:《多维时报》关闭后,又出现了《发现》周刊,您参与了吗?

何频:有些复杂。我不鼓励多维的员工离开多维,希望他们在多维好好做,他们也需要生存。也因为我对多维有感情,所以他们原先找我我都不同意。

直到多维的员工离开多维后,找我喝咖啡,提出办一份社区媒体,我不太赞成,因为这不是我的理想,我所办的都是全球化的媒体,加上我没有精力管。但后来牛新莉、孟华他们办《发现》周刊,我还是表示支持,因为他们有经验,只是我要求要独立、有品质、能盈利。他们提出要 10 万美元资金支持(实际只转6 万~7 万),他们主要也不是为钱,是觉得有人在后面支持。我就问什么时候盈利,他们说半年盈利吧,我说要当月盈利,结果他们果然第一期就盈利了,而且很快他们就把钱还我了,我几乎没有出什么力。我鼓励各个刊物独立,有自己采编、编译和销售团队,独立的财务和法律系统。

现在《发现》已经达到我的预期要求,如财政的独立性。媒体的广告和销售、发行首先必须可以养活自己,这是前提。

刘伟:有耳闻说您的刊物有美国政府支持?

何频:没有。多维有许多股东,一般是老外,十几到二十个股东,主要是我的资金,由我任创办人、董事长。明镜集团是我独资。美国政府如果支持,是通过国会的民主基金会资助,每一笔都是公开可查的,不可能是隐蔽的,美国中央情报局(CIA)资助的是境外的,不可能资助一个国内的媒体,在法理上是不通的。美国联邦调查局(FBI)主要关注国内重大案件,如反恐、反毒、国家安全等。

刘伟:多维在采访中是否受到封杀?

何频:我从不在乎这些,也不重要。任何势力都无法阻止我报道新闻的事实真相。越是有政治、经济等势力阻止我,就说明我的媒体越有力量。美国是一个自由的国家,也有很多人不愿意接受采访,有的还极力设置障碍,这很正常。大家都做的我不一定做,我做的可能一般媒体不愿意去做。很多媒体常常怕漏了新闻,我不担心这个。

刘伟:您认为美国的华文媒体未来将如何?

何频:现在的媒体大环境出现根本性变化了,主要是网络的变化。现在新移民来美,基本还是在海外延伸他们在台湾、香港和大陆(内地)时习惯看的网络媒体。这使当地报纸和以当地为基地的网络媒体在新移民中的影响急剧下降,所以我认为未来传统华文媒体会进入萎缩阶段,也许会黄页化,成为华人生活指导。而像《世界日报》《星岛日报》等纸质媒体,要么改变成其他媒体,要么关闭。因为这些媒体成本高。《发现》周刊这个时候开办,能发展盈利,才能达到预定目标,才能保证专业性。

现在的媒体不是过去这家倒了,那家起来,而是全面垮了,还在的也是"脆弱的坚守",七八年前我在哈佛大学做的长篇演讲,就是这个题目。我认为现在全球媒体形势已经不是脆弱的坚守,而是兵败如山倒。我认为全球媒体的悲观是丧失了底气,需要重新调整。我自己也开始思考,人心理上不能垮,否则实体垮就为期不远了。我们应该建立专业媒体人新的心理世界。如果媒体人理想远大,面对现在的局面,要高兴、要亢奋,而不是沮丧、崩溃。因为媒体从来没有像现在这样重要,是第四公权,前三权不一定和每个人有关,而媒体却是与人人有关,实际上是第一权。媒体面对的是真正的颠覆,是以前从没有的巨大的市场。这是过去的媒体不可想象的。

作为媒体人,包括华文媒体,要在这个巨大市场上重新树立自己的信心,不要恐惧新媒体,而是去了解它、熟悉它、掌握它。

刘伟:您未来的打算?

何频:我拟创办"多联新闻集团",从中文走向英、法、日等多语种,目标是成为中国人最大的、独立的、有品质、有专业精神的新闻出版集团。也就是全球化、多语种、多媒体、细化的专业媒体,就像《纽约时报》这样有独立核心价值的媒体,以电子媒体为主,希望办成至少 100 家分支媒体。

刘伟:您创办媒体的脉络基本清楚了,现在我们换一个话题,也是我研究的一个方向,我想了解一下,您创办了这么多媒体,你和你的媒体对华人社区和主流社会有什么在地的影响?

何频:我写过一本英文的书,提出不要把主流群体和华人分开来,不同族裔社团是族裔认同,是主流社会价值的一部分,而不是之外。只要你遵守这里的法律、纳税,参与这个社会活动,为这个社会服务,你就是主流的一部分。我办媒体的驱动力不是读者喜欢,而是告诉读者什么。如果读者不接受,就没有办的意义。我要主动告诉读者什么,而不迎合世俗的东西,不受制于受众。台湾有些媒体庸俗下流,就是与受众互相下流的结果。

在当地事务中,我们也做了深入报道,如贺邵强女儿的贺梅案,王建展案等。我们做了大量的报道,最后从终身监禁改到 18 年刑期。这些案例太多了。

我的媒体是全球化的,强调独家,强调深入,强调影响力。我的媒体希望要做成全球化媒体,不是全球化华人媒体。

刘伟:谢谢!

（整理者:金晓春）

一个媒体要有自己的灵魂
——访原新泽西《多维时报》总经理、《发现》双周刊创办人牛新莉

人物简介

> 牛新莉,山西人,1988年毕业于兰州大学新闻系。先在甘肃新华社工作,1990年在甘肃人大创办《人民之声》报。1997年随夫王海林来美,在马里兰巴尔的摩读书。2000年在美国旧金山《湾区时报》任编辑、总编,笔名牛人。2001年任《美东新闻》总编辑。2003年任《多维时报》总编辑、多维媒体东岸总监。2011年8月离开多维,2012年创办《发现》双周刊。

采访时间：2015年1月8日

牛新莉：我想先说一下,我刚来美国巴尔的摩时,深切感到文化的饥渴,当时互联网不发达,我是学新闻的,特别想看华文报纸,但又看不到这些报纸。我通过大华府中国领事馆订阅了《人民日报》海外版,一周发行三次,但寄到家里时已经是两周之后了,即便是这样,也是满足了我当时对中国国内新闻饥渴的阅读诉求。当时巴尔的摩没有多少华人,没有一份华文报纸,只有一份大华府地区办的文摘类报纸《新世纪周报》,办得很粗糙,但我仍感到这个办报人很了不起。2000年我随我先生到旧金山,应聘到了一份华媒《湾区时报》做编辑,后升为总编辑,积累了很多办报经验。

刘伟：《多维时报》是怎样创办的?

牛新莉：我2001年到新泽西《美东新闻》任总编辑。2003年"多维网"进入新泽西,因多维网创始人何频希望有一个平面媒体,选择了新泽西开始,就接手了《美东新闻》。2003年9月1日两家媒体正式合作。为了不让读者感到突兀,开始依然用《美东新闻》报头,两个月后叫《美东新闻多维时报》,但换了内容。约半年后,正式改名为《多维时报》。

刘伟：《多维时报》有什么特色?

图 1　原新泽西《多维时报》总经理、多维媒体东岸总监、《发现》双周刊创办人牛新莉

牛新莉：我一直认为，一个媒体要有自己灵魂的东西。《多维时报》是以新闻内容取胜，我认为现在新泽西还没有一份报纸比得过《多维时报》，不是因为我在多维工作过，而是到网上摘录很容易，可以满足一些不太上网的读者的阅读需求，但这走不远走不长，只有自己的独家的报道才有生命力。该报创立 8 年中，其主要特色体现为：有自己的写作队伍，有独家的深度报道，而非仅仅从网上抄来了事，满足了在美华人阅读的需求。如温州建设局的杨秀珠案、福建走私的赖昌星案、贺梅领养案等许多有分量的大篇幅报道，让读者知道发生了什么事，引起什么反思等，受到了华人的欢迎。这些使《多维时报》在这一地区华媒中深入人心，并一直遥遥领先，在美东地区没人不知道多维，直到现在很多人还在怀念这份报纸。正如我最佩服和最有新闻敏感性的媒体人何频所说，做好媒体其实就是做好三篇文章，一是让人笑，二是让人哭，三是让人骂。就是要有深度的。

这第三就是有争议的。比如我们曾报道一篇台湾的《象酱紫和酿紫的台湾男人》，还有《被狼奶养大的一代》等引起争议的好文章。

刘伟：《多维时报》的基本情况是怎样的？

牛新莉：《多维时报》有 56 个版面，发行量分别为新泽西 25000 份、纽约 35000 份、费城 5000 份、洛杉矶 20000 份、华盛顿哥伦比亚特区 15000 份、波士顿 10000 份、佐治亚 15000 份。

刘伟：《多维时报》办得这么红火，为什么关闭？

牛新莉:关闭时间是 2012 年 1 月 30 日。关闭最重要的原因是《多维时报》等多维媒体的多位核心人物离开。多维媒体新老板于品海对北美的华媒有"高、大、上"的想法,不够脚踏实地接地气。多维是他接手的北美第五份媒体,都以失败告终。北美华文媒体必须有吸引人的内容,必须有广告。多维之所以关门,还因脱离华人社区,过多重视美国当地的声音即"白宫"声音,缺少华人的声音。我认为华媒必须是实实在在和华人社区联系在一起,白宫的代言人不需要我们来做。何频离开多维时对于品海说,多维有两个人你要留住,就是力扬和牛新莉。但因办报主旨思想和薪金上有争议,力扬离开后,于2011 年 8 月 8 日,我也离开了多维。我感到一身轻松。

刘伟:您是如何创办《发现》双周刊的? 创刊的策略是什么?

牛新莉:《发现》是 2012 年 1 月 15 日创刊的,创刊人包括我、孟华、汤力扬,并得到何频的支持。汤力扬也是非常资深的媒体人,原是办中国《环球时报》的。创刊时我们分析了新泽西的华媒,包括月刊有《汉新》,周报有《新象》、《新州周报》、《多维时报》(多维当时还没有关门)、《今周刊》、《侨报周末》,唯独没有双周刊。我们想轻松一些,就选办双周刊。刊物的版面大小当时考虑到读者的阅读、收藏方便,加上主流媒体都在瘦身,所以选择了小开本。这就是我们创刊的策略考虑。

图 2 《发现》双周刊

刘伟:《发现》的基本情况和特色?

牛新莉:我依然坚持一个媒体要有自己灵魂的东西,要有自己独家的报道。所以我们发展迅速,创刊时才 84 页。现在是 116 页,创刊时 76 个广告,现在 170 多个广告。我们第一期就盈利了。发行量 25000 本。

《发现》的特色包括:(1)内容特色:我们坚持独家报道,并在 28 版前不放广告。(2)广告特色:经营的灵魂是折扣券,华人很重视折扣券,特别是餐馆,但凡新餐馆,如果没有在《发现》刊登就奇怪了。《发现》也就成为华人消费时随带的刊物。我们还有 10 页铜版纸的广告,印刷精美。(3)形式特色:小巧方便,易读易存。

刘伟:现在纸媒在走下坡路,您对《发现》的未来有什么思考?

牛新莉:我相信不管怎样变化,纸质的东西是不会消失的。我先讲一个事例,有一家计算机公司在讨论如何把研发的东西存下来,最后还是提出写在纸上,放在瓶子里保存最靠谱。因为做成录像带或者 VCD、DVD 都会过时,找不到机器播放等。这说明纸质的东西一直有存在的意义,同样,未来还是需要纸质媒体。有人说,人们只有在翻动书时,才感到自己在阅读,这不无道理。

刘伟:谢谢!

(整理者:金晓春)

让华人融入主流活动，是让主流社会了解华人和中国的重要渠道

——访《新星周刊》创办人王晓秋、肖丽华

人物简介

王晓秋：1974 年高中毕业后到上海燎原农场宣传队，1978 年毕业于上海戏剧学院表演系专业（工农兵学员），毕业后在上海总工会电视摄制中心工作，主要拍摄劳动保护电教片、劳工新闻等，也给当地电视台送过劳工保护片《当代工人》。1992 年陪读来美，1996 年到新泽西州《新象周刊》任编辑 17 年，2013 年与肖丽华一起离开《新象周刊》，自创《新星周刊》，并任社长。

肖丽华：1986 年毕业于四川成都电信工程学院电子专业，先在电子系统工作，1995 年至 1997 年在《成都商报》任编辑，后在四川成都亚太经贸文化发展中心做中外文化交流工作。2003 年来美，2006 年正式进入《新象周刊》任编辑近 10 年。2013 年和王晓秋一起创办《新星周刊》，任主编。

采访嘉宾：苏俊斌，厦门大学新闻传播学院副教授、哥伦比亚大学访问学者。

采访时间：2014 年 12 月 5 日

刘伟：新泽西已经有不少华文媒体，你们为什么要创办《新星周刊》？

肖丽华、王晓秋：《新星周刊》是 2013 年 4 月 18 日创办的，我们是共同创办人。创办的初衷是，在新泽西州，没有一家由来自大陆的人创办，并且没有政府背景的媒体，大都是有台湾地区背景或者大陆背景的，因此也大都有政治倾向。而现在大陆来的华人越来越多，读者需要这样一个中立的民间媒体，为华人服务。

刘伟：请两位介绍一下《新星周刊》的办报情况。

图 1 《新星周刊》社长王晓秋(左)、主编肖丽华(中)接受笔者采访

图 2 厦门大学新媒体专家、哥伦比亚大学访问学者苏俊斌副教授(左)
与王晓秋社长、肖丽华主编交流

肖丽华、王晓秋:《新星周刊》现在有 40 页,内容主要有以下几个方面:

一是当地华人社区新闻。首先是中国社区的活动,还有 2～3 版翻译主流社区发生的新闻,比如这周关于新泽西州新的法案、这段时间新泽西州密多萨克斯郡连续出现的入室抢劫案等。这些通常也是与华人有关的。再有半版的美国各个族裔社区举办或者将要举办的各种活动,让华人选择参加这些活动,可以看到很多不一样的东西,不要只看到中国人的圈子。我们一直说融入主

流社会，就要有一些切入点，我们就是鼓励华人积极参与主流社会，深入到他们的生活中去，了解他们想什么、做什么。二是两岸新闻、国际新闻。三是新闻焦点，美国、中国大陆及台湾地区等发生的大事，比如中国的两会、中国台湾地区领导人选举等。四是教育、法律、金融等专题栏目，由专栏写手撰写。如春季时，我们有"教育巡礼"，介绍美国的学校、学院、学校中心等。还有新的常春藤大学、私立学校等，很受读者欢迎，也引来许多广告。五是健康、美容、文化，也就是副刊性质的内容。比如电影和电视排行榜、星星论坛、历史和情感故事等文化、休闲、笑话等。六是生活服务的小广告，包括餐馆、美容等。七是天南地北的奇闻，还有很受欢迎的名品名牌名店的打折信息，黑色星期五哪家店什么时间开门，哪家店有大减价啦等信息，方便华人前往购物。

图 3 《新星周刊》创刊号

刘伟：《新星周刊》与你们原来做了十多年的《新象周刊》有什么不同？

王晓秋、肖丽华：我们报纸有几个特点，就与《新象周刊》有所不同。比如我们注重社区包括主流社区的新闻和活动报道，我们有焦点新闻报道，有各种专栏以及介绍名牌名品名店和一些美国商店的打折消息的广告等。

我们的小记者与《新象周刊》也有些不同，孩子写的是中英文的文章，由Nancy Wu 主编，这些孩子很有爱心，他们关心美国，也关心中国。

另外我们一开始就有电子版，和报纸是一模一样的，方便华人在线阅读。

刘伟:请介绍一下你们的发行点和发行量以及未来发展等情况。

王晓秋:我们发行量为1.5万份,和《新象周刊》一样,发行面就在新泽西州,主要发行点是中文学校、超市、活动或学习中心、餐馆等。工作人员有编辑三人,翻译三人,兼职记者三人,送报一人。

肖丽华:随着广告和内容的增多,我们未来会考虑扩版,网站也会调整。

刘伟:你们在华人媒体工作这么多年,都是资深的编辑,你们认为华人媒体对主流社会是否有影响?如何影响?对华文媒体未来的走向有什么思考?

王晓秋、肖丽华:我们都在思考,现在的人员变化很大,《新象周刊》因为比较贴近华人生活,所以一直受到读者欢迎。对于纸质媒体,老的读者会有一种阅读惯性,他们对中文也比较依赖。但新的读者就有很多变化,可以选择的媒体有很多。而且他们不一定长期在这里,流动性很大。

华文媒体对主流的影响原先是比较少,现在已经悄悄出现变化,比如客户群的变化。过去美国的律师、医生、商店不在乎华人和华人媒体,现在许多都希望在华文媒体上做广告,因为他们知道华人已经是重要的读者群、客户群。华文媒体对主流的影响可以在这样互动中逐渐形成。

肖丽华:其实美国人是很关注中国的,但不是在这里的中国社区,他们很关注中国国内的事务。

苏俊斌:在哥伦比亚大学,一些教授只要发言半小时,一定会提到中国,好事也提,坏事也提,中国好像已经是绕不开的话题了。

肖丽华:但凡华人参加竞选都要通过华文媒体宣传,争取华人选民的选票。如今年有多位华人参加学区委员的竞选,都选上了,华文媒体在动员华人选民上发挥了积极的作用。当地的华人在美国找律师、找医生等也多依靠看华人报纸,这不仅是新移民需要,即使在这里生活很多年,一样也需要。

王晓秋、肖丽华:现在华人学区委员都在推动春节放假(2013年西温莎市已经促成),普兰斯堡、马波罗市现在也在推动。我们一直鼓励华人要重视手中的一票,投票数将会说明华人的影响力。现在的美国各个族裔候选人都会找华文媒体登竞选广告,或者参选人参加华人活动催票,华人参选人我们更是直接大量报道给予支持。

刘伟:两位认为海外华文媒体对树立中国的海外形象可以发挥怎样的作用?

肖丽华:美国人对中国是又爱又恨,负面报道居多。我们多选中立偏正面的报道。华媒对主流的影响是渐进的,多报道正面的,就会影响华人,我们每个华人都是宣传员。同时我们也希望中国政府在帮助海外中文教育的同时,也支持华文媒体。

苏俊斌:媒体要生存,就要有广告、有网络、有好内容。占领海外的分类市场。有影响力才有生存价值。我们媒体应该改变商业模式,如不用 PDF,可检索,可互动,可以加入 Google 搜索引擎,纸媒如果加网络广告应该再次收费。

中国在发展,但西方媒体未必认同。

比如《纽约时报》的报道看似客观,但实际是有扭曲的。比如报道中美高层会面,网上报道的原来正面占 30%,负面 40%,中立 30%,但他们选取时是有选择的,可能正面只占 10%,负面 40%,中立 10%。虽然也是客观事实。而我们中国的报道可能是正面 50%,负面 10%,中立 40%,这样中美之间的报道就不平衡。

海外华文媒体,像你们这样介绍美国主流的活动,让华人有所了解并积极参与,实际上也是塑造中国人形象的方式。只有融入其中,才能对他们施加我们中国人的影响,而华人也因此才能开阔视野。

（整理者:金晓春）

华文媒体和华人社区是互相依存的

——访《新州周报》创办家族成员、编辑凌宝伦

人物简介

> 凌宝伦,1966年出生,1985年香港新法书院高中毕业。1986年从香港警校毕业后担任香港警察四年。后到香港的美国利奥贝娜广告公司做美工学徒。1997年来美国(由《新州周报》创办人黄宗之子黄拿丹,也是其姐夫以报社技术移民申请来美),直接进入该报任美编。2008年8月离开该报。

采访时间:2013年3月4日

刘伟:您是《新州周报》创办家族的成员,年龄不大,却是新泽西华文媒体的"老人"了。可否请您介绍一下《新州周报》的创办情况?

凌宝伦:《新州周报》前身是《新世纪周报》,1989年创刊,创办人黄宗,是一位基督教的牧师。内容主要是宣传基督教,对华人宣传教义,吸收更多信仰者。但也刊登一些从香港带来的小说、杂志的内容和娱乐消息。这样可以让非基督教的读者也可以阅读。

《新世纪周报》在1992年招聘了有水平、有热情的李宁作为正式的编辑,希望在华人社区很快打出知名度。李宁约在1992—1994年还请高伐林来帮忙,后担任主笔。当时《新世纪周报》在华人社区很有知名度。但可能李宁的想法很多,与黄宗的观点不太一致,所以离开了报社。1996年左右,因报名不好记,遂改名为《新州周报》,1997年5月我进入该报担任美编。

《新世纪周报》变为《新州周报》,从宗教报纸转为了商业化报纸。在采访中与商家接触,开始有商业性广告,包括零售业、餐馆等。但还是以宗教信息为主,当时只有12页左右。

1995年左右,创办人黄宗赴澳门任宗教学校校长,将报纸交给儿子黄拿丹(即我的姐夫)管理。我到报社时,编辑已经由刘浦芬担任,李宁已经离开了。

黄拿丹是一个商人,主要经营挂历出版,每年到东岸的挂历有十五个货柜,被称为"挂历王"。他不想经营这份小报纸,1999年底,就转给当时在隔壁的"文华印刷"经营者方太收购。

方太本名叫杨清丽,台北人,台大毕业。先生方荣基是台南人,化学博士,曾在强生和雀巢公司上班。

图1 凌宝伦(右)接受笔者的采访

刘伟:方太接手后,报纸有变化吗?

凌宝伦:方太接手并任总编后,多了一些台湾作家的连载小说,如新州知名作家孟丝的作品等。开始内容版面没有太大变化,我也依然在报社任美编,也时常兼一些采访工作。

2006年增加了"三州周报",即在纽约、费城发行(新泽西依然叫《新州周报》。社区新闻和广告都不断增加,为了照顾广告商家的利益,增加阅报读者,报纸基本没有宗教版面,社区、娱乐和家居的内容增加,报纸从家族式管理也变为企业式管理。

据我所知,这份报纸还是盈利的,现在已经达到50多版。报纸的政治倾向还是中立的,所有新闻稿都由方太审批。

刘伟:作为新泽西早期的报人之一,您对华文媒体和华人社区的关系怎么看?

凌宝伦:华人社区要有一定"量"的积累,才有华文媒体的生存空间。因为报纸需要广告,广告需要一定量的读者。

图 2 《新州周报》

媒体要自强不息,有好文章、排版美观大方也很重要。广告效果好,广告商才有兴趣。不然就被其他媒体取代了。

政治竞选、文化传承等都需要华人媒体。华人媒体也需要华人社区,社区活动带给报纸新闻的内容,丰富我们的版面,媒体记者在各种活动、节日等都很忙,这就有了媒体的生存价值。

(整理者:金晓春)

《中国侨声》已经成为纽约当地华人
生活的一部分

——访美国纽约《中国侨声》杂志社社长陈键榕

人物简介

　　陈键榕，福建福州人。1984 年从香港到美国，先从事婚纱摄影工作，2004 年 2 月开始创办《中国侨声》杂志，并任社长至今，同时担任美国福建同乡会常务副主席兼秘书长。在大纽约地区华人各项活动中非常活跃。

采访时间：2014 年 1 月 30 日

　　刘伟：请说说《中国侨声》创刊的故事？

　　陈键榕：我来美时，纽约没有什么华文媒体，很缺少华人生活的文化知识，后来我有机缘接触到《福建侨声》，并受到《福建侨声》的启发，觉得需要办一个这样的刊物给我们华人社区提供一个文化方面的信息，特别是在美国，很多华人刚到美国都不懂英文。于是我在 2004 年 2 月和两个朋友一起创办了《中国侨声》，给当地华人提供法律、国内家乡的建设和国内发展的信息等。半年后，其余的两个股东由于某些原因撤股了，由我自己独资经营下去。刚开始很辛苦，也很忙，要学习的东西很多，比如采编、摄影、排版、审稿等，前期有很多准备工作，特别是每个月出刊的时候，特别的忙，《中国侨声》因为是完全免费的刊物，还要自己去送杂志，都是靠广告和赞助商友情赞助来维持，创刊的过程经历了很多的辛酸苦辣。

　　刘伟：《中国侨声》创刊到现在已经有多少期了？当收入不平衡的时候有没有想过停刊？

　　陈键榕：《中国侨声》创刊到现在已经有 119 期，没有间断过，不管是发生什么事情或收入上有没有平衡，我们都会按时出刊。刚开始几年我一直在贴钱，尽管如此，我也从来没有想过要停刊。唐人街上很多杂志都是娱乐八卦房

图1　陈键榕社长在他的公司接受笔者采访

地产之类的，而像我们这本有综合性、参考性、资料性的杂志还是第一本，而且既然已经办了，也得到了社会的认同，我希望我的杂志能够继续发扬光大，为当地的华人做点事情，也因为坚持着这样的理念，所以不管怎样我都会坚持下去。

刘伟：创刊之前有没有从事过媒体方面的工作？

陈键榕：创刊之前我是做婚纱的，主要负责摄影。办杂志，就像开餐馆，自己要懂接单、炒锅、抓码、打包等才行。所以也要学采编、排版、文字方面的处理等，一开始很辛苦。

刘伟：作为海外媒体人有没有什么体会？

陈键榕：在海外创办媒体是一件非常不容易的事，美国华文媒体市场很小，只有华人看，我们的杂志是免费的，在资金方面有一定的困难。而且美国用人的工资比较高，所以我们的记者、编辑等都是兼职的，但每个月出刊，看到读者拿着杂志在看的时候，又觉得很欣慰，有一种被认同的成就感。

刘伟：《中国侨声》这本杂志创立10年了，在美国纽约唐人街这个非常重要的华人居住地，它对当地华人的生活产生过什么影响？

陈键榕：《中国侨声》是在每个月的中下旬出刊，主要通过送货到餐馆及领事馆等方式寄出，当地的华人可以从我们的杂志上获取很多信息，比如美国的一些法律、生活常识、政府条律，包括国内的政策条例、家乡建设等。也会在封面上介绍一些海外华人成功创业的企业家,与当地的华人分享,鼓励新的移民努力创业,于是经常有华人会问:"这期的杂志怎么还没有送来?"这也体现了《中国侨声》已经成为华人生活中的一部分。

图2　《中国侨声》

刘伟:《中国侨声》在政治上对当地的华人产生过什么影响?

陈键榕:我们每一期封面常常就是政治人物。每个月都会报道华人社区发生的包括政治方面的事,如侨团的会庆、侨团的互动、国庆活动等等,对当地的政治生活颇有影响。所以,当地华人参政甚至外国人参政的时候,都会找到我们,比如现任的参议员、众议员等,来争取更多的选票。有的外国人还把我们《中国侨声》封面放在的英文网站上。

刘伟:《中国侨声》对主流社会有没有产生过什么影响?

陈键榕:前几年的国宝银行事件,许多银行员工被抓。原因是一些华人报税记录有问题、没有信用、没有收入证明,只用现金买房却也变通获得贷款。纽约检控官因此指控该银行董事长孙国诚。纽约主流报纸 *The New Yorker* 记者找到我,了解情况,并做了客观和维护国宝银行的报道。在华人媒体中只有《中国侨声》是唯一一家以中英文十几个版面的形式,把这位白人记者对国宝银行事件进行完整的转载刊登报道,让更多的华人和外国人知道,那些没有收入证明的当地华人虽然违反了美国的法律,但他们并没有坏账的记录,国宝

银行这样变通让这部分没有收入证明的人也可以买房安居乐业,这也促进了
美国的经济发展。

图 3　陈键榕社长支持纽约市长彭博的竞选

图 4　联合国秘书长潘基文与陈键榕社长

刘伟:我们杂志是怎样的发行方式？发行范围多大？

陈键榕:我们杂志是通过送货公司送到各个点,发行范围在美东地区各州,也就是送货公司能送达的所有州。

刘伟:谢谢！

(整理者:金晓春)

华人媒体让当地华人对世界的
了解强于美国人

——访纽约《亚美时报》创办人、社长朱立创

人物简介

朱立创,出生于台湾台北,在日本冲绳念中学,1972 年来美读社区大学,1975 年就读于美国夏威夷大学政治学专业,1987 年 11 月创办《亚美时报》。2013 年 11 月 18 日起,《纽约时报》大篇幅刊登 *The Real Mayors of New York* 系列专题报道,阐述对社区有帮助、有影响力、有特殊贡献的普通市民的故事,并推举不同领域不同类型的 9 位纽约平民市长,其中担任"纽约法拉盛社区街头守望互助队"队长的朱立创被评为"新移民市长",并被誉为纽约华人社区的"活雷锋"。

采访时间:2014 年 10 月 23 日

刘伟:请介绍一下您的个人资料。

朱立创:可以用谷歌,也可以到百度查我的名字"朱立创",还有清华大学的网站都有许多和我相关的资料。

刘伟:请介绍一下您办的刊物情况。

朱立创:我于 1987 年创办《亚美时报》,原来是 24 版,周报。后改成日报,六个月后退回周报,赔了几十万。2005 年改成双周报,2009 年改为月报,现在12 版,发行 5000 份。头版基本是温和批评美国的文章。主要发行在法拉盛和纽约各大超市、餐馆,一直没有停刊。

刘伟:办报是否遇到压力?

朱立创:主要是经济压力,我曾写了两次停刊词。政治上也有压力。20世纪 90 年代,本报一部分人在我办日版赔钱时,施长要等人退出,并办了《新亚美时报》,四五年后,他与台湾岛内合作,改为《自由时报》,2008 年关掉。

刘伟:贵报没有办大,是因为偏左而不能得到华人社区的支持吗?

图 1　纽约《亚美时报》创办人、社长朱立创

图 2　朱立创社长在报社办公室接受笔者采访

　　朱立创：现在华文媒体都向中间靠，都尽量客观地报道新闻，包括《世界日报》《星岛日报》《侨报》等大报。但不是说这些报纸没有立场，根据办报人的教育背景而有所不同。

　　刘伟：你在华人媒体这么久，对华人媒体的在地影响怎么看？

　　朱立创：相较于主流媒体，我们只是在边陲地带，好在因中国近年的发展而逐渐受到重视。但在华人社区,华媒的大量资讯对华人了解祖国发展和当地的政治经济发展很有帮助,相对使华人知识面比当地美国人还广,尤其是对祖国发展资讯的了解。毕竟华人看英文报纸看懂看出味道的人不多,而华媒每天都有世界新闻、美国新闻、两岸新闻,以及深入专题报道、社区即时新闻、工商新闻、娱乐体育新闻等等,华媒让华人在世界潮流大时代不落后上发挥了相当大作用。

华媒尤其促进了华人对当地的商机的了解。如芝加哥五大湖鲤鱼泛滥成灾,美国人束手无策,想用各种办法杀灭。一个华人女商家从华媒上获得此商机,办了工厂,把鱼捕获起来,年产 300 吨。既解决了美国人的烦恼,又获得了经济效益。

刘伟:你的报纸是如何编辑的?

朱立创:我是小报。有自己写的,也有网上找来的。一期开支不到一千,包括编辑费 150 美元,印刷费七八百美元,派报费 50 美元等,每月最后一周周六出版,内容比较多的是时政评论,读者主要是长期形成的中老年知识分子群体。

刘伟:华媒在维权上发挥怎样作用?

朱立创:中国留学生姚宇被奸杀案是典型的案子,开庭七八次,我每次开庭都带一批人去为检察官助威,要求严惩凶手。华人媒体进行了大量报道。现阶段结果是,凶手将被判 22 年至终身监禁,可惜纽约没有死刑。

一个在北卡的中国女孩生病,躺在北卡酒店快两个月了,惊动了中国领事馆。但她的母亲无法办签证过来,想请人帮忙通过大使馆把女儿送回国。女孩的母亲是医生,她说,女孩如果得不到及时医治,将会因抑郁症、低钾、心脏衰竭而死亡。我们积极做了协助。

"摇婴案"被冤枉的华人李英、李航彬,当时华文媒体连续一个月在社区头版跟踪报道。如果我们没有介入,男苦主要判 25 年至终身,女苦主也要判5~15 年,现在检察官对女苦主撤诉。我们还告市政府赔偿,还争取女苦主对二女儿的抚养权。检察官都感到奇怪,因为我们前不久还支持检察官严惩姚宇案凶手,现在又反对检察官起诉摇婴案,我是就事论事。

图 3　在朱立创办公室,有一个华人媒体"维权墙"

图 4　华人媒体大量报道"摇婴案",对主流舆论形成压力

　　我这里是各报记者聚集的地方,有《侨报》、《世界日报》和《纽约时报》,因为我这里不但有电脑、咖啡、奶茶,而且更重要的是有新闻。华人常常排队来这里求助,我是以劳工权益维护部主任、法拉盛社区街头守望互助队队长等名义来帮助解决的。我有事就在这里开记者会,我不为出名,只为解决问题。

　　刘伟: 你现在主要在做什么?

朱立创：我现在要做的是驱邪扶正，为社区服务，涉及的事情小到工人讨薪，大到社区公寓的改建，教华人住客股东上网了解公寓委员会的资金情况，帮助华人同胞维护自己的权益。这些事情，往往警察不管、律师门槛太高、民意代表太忙、助理没有热情。而只要民众来求助，我就会放下手里的事，认真倾听，帮助分析，提出建议，该出手时就出手。另外我这里还是一个媒体中心，我可以充分发挥媒体第五公权力的舆论力量，为华人民众维权。

刘伟：谢谢！

（整理者：金晓春）

华文媒体是团结和联络华人的重要渠道

——访美国费城《华商报》《中华周报》社长兼总编管必红

人物简介

> 管必红,1948 年出生于安徽宣城,1970 年作为第一批工农兵学员在安徽师范大学外语系学习后留校。1988 年自费来费城留学,获得教育心理学硕士、心理学博士学位。毕业后在费城教育局工作,任亚裔学生辅导员。1997 年创办"大费城华人工商联合会",现任世界华人精英联合会理事会主席、美国管子学院院长、世界孙中山基金会执行会长、美国华商会常务副会长、美国《华商报》和华商网社长兼总编、《中华周报》社长兼总编。

采访时间:2016 年 11 月 10 日

刘伟:管社长,您既是费城地区重要侨领,又是该地区华文媒体最早的创办、经营者之一,可以介绍一下您从事侨团和媒体工作的情况吗?

管必红:我自 1988 年留学、定居美国以来,总共创造了人生中的 17 个"第一"。这些可以集中体现我的这段经历:

1.第一次(1998 年 9 月 27 日)在担任大费城华人工商联合总会会长期间,在费城独立广场,组织、主持了千余华人华侨升中国五星红旗集会,庆中国"十一"国庆游行活动。

2.第一次(2016 年 2 月 20 日)发起创立大费城华人维权会,申请、发动、组织有近万人参加的费城"2·20"挺梁大游行。

3.第一次(2000 年 6 月 29 日)代表大费城华人工商联合总会及大费城反对建球场委员会,向全美华人商会社团及有识之士发出呼吁书,呼吁全美华人紧急行动起来,反对 John Steet 市长在中国城建棒球场的决定,并组织两次游行。迫使市长收回了成命,将球场改建在南费城运动场馆区域内,保护了中国城商业区的繁华。

4.第一次(2013年)带领华人在独立广场抗议辱华事件。

5.第一次(2015年5月)组织"精英会助推一带一路投资投智考察团"二十余位海外华商,对上海、浙江、安徽、甘肃、河北等省市投资投智考察。

6.第一次(2013年)在中国主流媒体《国际在线》发表特约评论《中国应在改革与稳定中寻求平衡》,各大媒体转载。

7.第一次(2013年10月)组织中华人民共和国成立64周年参访团二十七位海内外知名人士联名给习近平总书记和马英九发出建议书,呼吁两岸领导人尽快会晤,早日商谈祖国统一大业。

8.第一时间(1999年5月11日)在《人民日报》海外版发表署名文章"袭击我使馆是有预谋的挑衅"。

9.第一时间(2001年4月6日)接受美国国家广播电视10台(NBC Channel 10)采访,谴责撞机事件,指出:撞机责任完全在美国方面。

10.第一时间(2001年3月20日)在纽约华人社团联合总会暨美东各界人士集会上,反对美国对台军售。

11.第一时间(2002年3月27日)在美国费城发表谈话,反对美国推动台湾加入世界卫生组织,新华社、中新社同时发新闻通稿。

12.第一时间(2012年),在《美国华商报》等媒体发表《钓鱼岛属于中国之佐证》:"慈禧皇太后昭谕"和"美国国会记录"。指出"日本政府现以美国将三小岛管理权交给日本,解释为给以主权,乃是无理的曲解"。

13.第一次(2004年胡锦涛访美前夕)创办《美国华商报》、"美国华商网"(www.ushsbao.com)。

14.第一次(2014年)在美国费城创办管子学院。举行管子学术研讨会。

15.第一次(2015年12月)在中国国家机关、部队、学校做"海外华人的中国梦"报告会过百场。

16.第一次(2003年开始)在母校安徽宣城中学设立"管必红奖学金"。

17.第一次(1999年10月1日)应邀登上天安门前观礼台,出席中华人民共和国成立50周年国庆大典,观看阅兵和国庆晚会。

刘伟:您如何创办《美国华商报》,该报的内容和发行量情况怎样?

管必红:2004年与邓龙等四人一起创立华商会,创办《美国华商报》,任社长兼主编。约2007年创办"美国华商网"。《美国华商报》为周报,开始时只有四版,主要内容为宣传华商,介绍中美的交流合作,宣传中国的建设情况。发行一万份,主要通过超市、餐馆、华人公司发行。其内容经常被中国媒体转载、引用。现在有八版,与《中华周报》合并发行。

图1　《美国华商报》《中华周报》社长兼总编管必红

刘伟：《中华周报》您是如何接手，现状如何？

管必红：《中华周报》是1992年由马来西亚华侨胡冷才创办，2000年转给原《人民日报》文艺部部长朱壁生，2016年1月朱社长去世后，由我接手该报。任社长兼主编。该报立场中立，发行量为一万份。原为32版，现在为12版，加上合并发行的《美国华商报》8版。主要内容为社区新闻、美国新闻、世界新闻，主要有兼职记者、工商记者。由当地英文报纸印刷厂印刷。

刘伟：在费城地区，华文媒体在当地发挥怎样作用？

管必红：华媒的主要作用是团结联络华人，为华人发声。在维护华人权益上，华媒功不可没。如2000年，市长要在中国城建棒球场，我和中华公所等联合，在《中华周报》上刊登声明，反对占用中国城建球场。最后球场被迫改到南费城。

2015年的"吉米辱华事件"华人独立广场游行，华媒大力支持。同年"挺梁"活动，我在《美国华商报》《中华周报》连发三篇社论，组织上万人上街示威。我还在市政府的听证会上发言，维护华裔权利。

费城地区除了《侨报》《世界日报》《星岛日报》等日报在这里发行外，周报有我的《美国华商报》《中华周报》，还有《海华都市报》《越华报》《新时报》等。

图 2　在费城地区发行的《中华周报》

图 3　在费城地区发行的《海华都市报》

图 4　在费城地区发行的《越华报》

图 5　在费城地区发行的《新时报》

（整理者：金晓春）

学者、记者、读者

台湾地区媒体关乎国际形象

——访台湾铭传大学传播学院教授吕郁女

人物简介 ....

> 吕郁女,1953 年出生于台湾嘉义市,台湾政治大学新闻学学士、硕士,后留学美国,获得伊利诺大学芝加哥校区大众传播硕士,台湾政治大学新闻研究所博士。曾在台湾的中国文化大学、世新大学兼任副教授、教授,也曾任台湾地区"外交部"科员、"新闻局"广播电台审委会委员、"国防部"机密外泄资料审委会委员等。现任台湾铭传大学传播学院大众传播系主任、教授。

采访时间:2013 年 9 月 26 日

刘伟:吕教授,谢谢您在百忙中抽出时间接受我的采访。我们就开门见山吧。您是台湾地区前新闻处官员,您认为台湾地区媒体在美国社会有没有发挥一定的影响?

吕郁女:我常常对传播界的人讲,影响是很难测定的。我们在华府时,有很多华报放在超市,谁都可以拿。过去台湾华文媒体在美国的影响是有一定局限的。所以蒋经国在宣布解除台湾"戒严"时,特别选择了由美国主流媒体《华盛顿邮报》而不是《世界日报》做独家专访,并由马英九负责翻译。当然现在华人媒体的报道在美国重大事件中已经开始引起重视,并受到美国议员的关注并促成一些问题的解决。

刘伟:我到台湾来,就是考虑到许多美国的华文媒体源于台湾,所以想到台湾来了解当初办报的原因和学者们的研究情况。

吕郁女:要了解华文媒体,建议你可以找一下《世界日报》的前总编项国宁,现在应该是《联合报》的主编。不过我不认为可以问得出来。所以把华媒和对美国主流舆论联系起来,研究有一定难度。除非《纽约时报》等美国主流报纸转载引述华媒的报道。

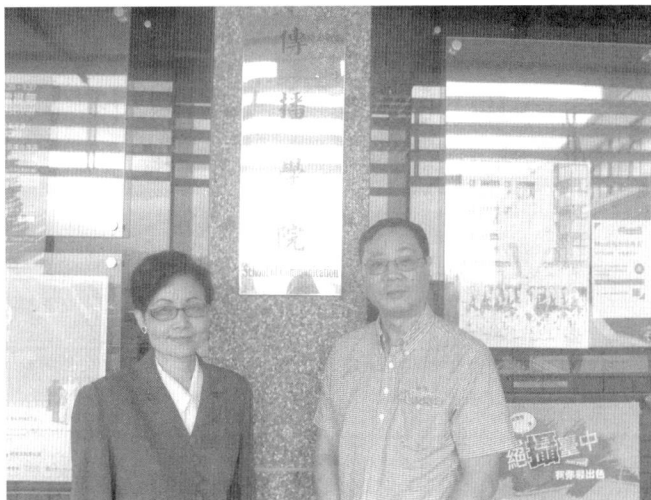

图 1   笔者在台湾铭传大学传播学院采访吕郁女教授(左)

刘伟：当年台湾地区的报纸,如《世界日报》等是否代表官方,也就是国民党？台湾地区影响美国的主流民意通过华文媒体来宣传是否也是一个渠道？

吕郁女：美国当年的华人报纸,像孙中山的《少年中国晨报》是代表国民政府的,但《世界日报》是《联合报》的,不是官方的,也不是国民党党报,没有拿国民党的资金。我不认为台湾官方会通过在美华媒去影响美国政府。我在台湾对外事务主管部门服务过,现任负责人是我同学。台湾会通过美国主流媒体发布消息,就像 1988 年蒋经国先生宣布解除台湾"戒严"时特别选择了《华盛顿邮报》一样。马英九做翻译时非常紧张,因为"戒严"40 年要"解禁",意味台湾要完全进入自由民主体制。台湾华文媒体只是引述《华盛顿邮报》的。至于为什么选美国媒体首先发布,经国先生说了一句很有智慧的话,用国际媒体报道可以让台湾"戒严"解除、进入民主世界的讯息增加国际能见度。

刘伟：您还在教国际传播,您认为台湾地区在做海外传播方面有什么好的做法？或者说台湾地区在塑造海外形象上有何经验教训？

吕郁女：陈水扁任内几乎没有做什么国际传播,几年来换了 8 任新闻局长。如果要了解台湾在美国的形象营销,建议可以去采访一下"驻美代表处"。

我曾经写了一篇文章叫《在灾难中建立国家形象》,通过大陆的汶川大地震、台湾的八八水灾事件和缅甸的洪水的比较,对媒体所呈现的国家和地区政府处理灾难的解读不同的灾难处理方式对国家和地区形象建立的影响,另外我还有一篇专栏文章《少棒与台湾形象的行销》也介绍了台湾在美国营销形象的经验,值得参考。《世界日报》曾报道台湾少棒在美国参加比赛没有人理,是不实的,"驻美代表处"要求进行更正,但没有得到回复。我在《中国时报》写了这篇文章,至少起到平衡的作用。"驻美代表处"张英、刘永建(音)都告诉我,这篇报道救了他们。

国际形象是点点滴滴积累起来的,在这一次菲律宾军人枪击台湾船长的事件中,民众对台湾对外事务主管部门的做法不理解,台湾地区舆论也不利于台湾海外形象。所以我和我的先生分别在《中国时报》和《联合报》写了评论文章,受到台湾对外事务主管部门的肯定。

刘伟:您长期研究国际传播,您可否给我一个建议,对美国华文媒体在地影响如何找到切入口?

吕郁女:华文媒体对主流的影响或者作用之类的,都是很难测定的,写起来比较困难,而且即使主流媒体引用了你的报道,也未必就影响了主流舆论,引用还有正、负面影响,可能还是抨击的,所以逻辑上比较难联接,就是联接了也会比较牵强。建议你可以从当地华人阅读华媒的动机和使用与满足入手,总之找一个好测定的。你也可以到台湾图书馆搜索,可以找到很多,再做一些问卷,这样你的理论逻辑会很强。还有,可以采取观察法,了解读者看完新闻的感想,以测定新闻影响力。

刘伟:谢谢!

(整理者:金晓春)

《中国时报》在美往事与媒体发展

——访台湾《中国时报》副总编辑陈万达

人物简介

> 陈万达:铭传大学传播管理研究所硕士。现为台湾传播管理协会常务理事,并担任南华大学兼职副教授,在铭传大学、文化大学兼任讲师。主要教授传播理论,媒体管理,网络新闻业,新闻采访写作实务,媒体公关等相关课程。著有《现代新闻编辑学》《媒介管理理论》《网络新闻学》《现代新闻编采实务》,译有《商业摄影的奥秘》《凡夫俗子》等。

采访时间:2013 年 10 月 11 日

刘伟:中国时报在美国的影响有哪些案例?

陈万达:1982 年在美国洛杉矶曾发生过一件引起当地社会强烈反响的事件,当地政府原计划将一个华工集中的一个建筑物拆除改建停车场,后由于华人强烈反对,《中国时报》等华文媒体在舆论上予以支持,并凝聚华人力量,动员华人议员积极呼吁,对当地市政府形成强大民意压力,促成市政府改变决策,停办停车场项目,将场地依然留给华工居住。

陈万达:华文媒体在美国的境遇也受到政治的影响,1984 年由于《中国时报》对洛杉矶奥运会大陆运动员的比赛情况报道篇幅较多,被认为是亲中的报纸,被迫退出美国。

刘伟:台湾媒体近年来有什么突出的变化?

陈万达:台湾媒体娱乐化的倾向越来越突出,以市场为导向消费新闻,观众喜欢什么就给什么,认为政治不重要,政治的内容可以不管,所以出现了用漫话的方式写马王之争等政治内容。观众喜欢绯闻八卦、议会打架、裸体情色等,媒体就迎合观众突出报道,同时台湾媒体比较少国际观,新闻比较拘泥于台湾岛内以及吃喝玩乐等小事,传统严肃的精英报纸日渐萎缩。

刘伟：台湾现在的报纸状态如何？

陈万达：过去许多人每天看报纸，但现在这种情况发生了变化。许多人走到哪里，吃什么、玩什么都自己发照片，好像个个是美食达人、旅游达人。现在的人，不看报纸，不会觉得缺了什么。甚至有人开玩笑说，现在台湾报纸最大的作用是包烧油饼。

刘伟：报纸的前景如何？

陈万达：特性决定媒体的生存。就像女孩，高的喜欢长裤、长裙，矮的喜欢短裙，不穿七分裤。现在台湾的电视画面，上下左右和中间到处是新闻，可听可看可读。现在人们不满足于看新闻，而是对谈观点有更多需求。所以谈话节目很受欢迎。香港有份小报，叫"28分钟"，因香港地铁每人平均到站时间是28分钟。这个报纸在应征时，很多问题不要你回答是或不是，而是要你提出观点。

"生命总会找到他自己的出入口"。报纸、电视、广播、网络一样可以找到各自适合的位置。如电视有图像字幕声音，还快，但无法展示长篇文章给你看。广播音乐、新闻可以边听边开车、登山、游泳、煮菜等，只是容易分心，所以写稿要特别短小精悍。报纸则可以深度报道，但报纸要成本，大报的纸还要大树木造的纸，这样才可以有长纤维不易撕裂。

刘伟：报纸数字化是扩大生存空间，还是自杀行为？

陈万达：报纸的市场未来会越来越少，所以，报纸数字化应该是趋势。

图1　《中国时报》副总编陈万达（左二）在台湾铭传大学讲座时接受笔者的采访

（整理者：金晓春）

华文媒体和华人社区相辅相成

——访新泽西华媒记者谢哲澍、邹心睿、陈慧玲

人物简介 ⸳⸳⸳

> 谢哲澍为《世界日报》新泽西记者,邹心睿为《多维时报》前记者,
> 陈慧玲为《新象周刊》记者。

采访时间:2013 年 3 月 1 日

刘伟:各位都是新泽西州华文媒体的当家记者,请各位围绕华文媒体与华人社区的关系、华文媒体数字化的问题,一起发表一下看法。

陈慧玲:华文媒体与华人社区是相辅相成的。社区活动都是非盈利的,组织者都是义工兼职,通过活动为华人服务,活动也包括专业社团活动,主要推动本社团本专业事务,也在凝聚华人群体。而我们华媒记者,都会积极主动参与。华媒本身要生存,就需要社区和商家支持,社团商家也需要华文媒体的推广报道。不然就无所谓社区新闻了,所以双方都需要配合。

华人的生活需要华文报纸,比如推广中华文化,商家的市场需要,政治也需要,要竞选,就要争取华人选票。

邹心睿:早期华人社区只有中文黄页供大家使用,华文报纸是一种需求。华人来到他乡,就需要了解家乡、了解美国,需要交流、需要信息,华文媒体就是一种信息平台。

华人移民来了,不知道去哪里吃饭、去哪里找需要的人、去哪里找工作等。而商家也需要宣传,华文媒体也需要读者的支持,所以这个平台是双向的。尤其是在新泽西州,华人比较分散,报纸就成为凝聚大家的工具。

陈慧玲:尽管网络媒体已经很发达了,但这里的华人依然会去看报纸。在海外,心理上还是需要文字载体,这是一种源文化,是一种享受。"一杯茶、一份报纸"是一种华人的人文文化,一种生活方式。

邹心睿:但我们下一代会可能看不懂中文,他们看新闻也常常通过手机、

Ipad 等。我们有点担心。

谢哲澍：据了解，这里的广告客户更愿意把广告登在报纸上而不是登在网上，因为他们的很多客户是看报纸的。

邹心睿：有个统计，网上广告不多，阅读量上升；报纸广告多，阅读量下降。电视没有变化。华人社区基本还比较原始，大家主要看报纸。美国人 80% 的广告放在网上，20% 放纸媒，而中国人则走自己的路子，倚重报纸。不过网络的便利会被华人逐渐接受，可以宅在家里，足不出户。所以现在华人纸媒也纷纷建网站。不过华文纸媒估计 10 年内不会消亡。

图1　左起依次为《世界日报》新泽西记者谢哲澍、《新象》记者陈慧玲、笔者刘伟、《多维时报》记者邹心睿夫妇

（整理者：金晓春）

华文媒体是在美华人的精神食粮

——访美国韦格曼斯（Wegmans）超市行政总厨谢可斌

人物简介 ┈┈┈┈┈┈┈┈┈┈┈┈┈┈┈┈┈┈┈┈┈┈┈┈┈┈┈┈┈┈┈┈┈┈┈┈┈┈

> 谢可斌，美籍华人，来美 30 多年，现任美国顶级超市 Wegmans 公司樱桃山市分公司行政总厨，新泽西福建同乡会副会长。

采访时间：2014 年 2 月 8 日

刘伟：您是来美的老华侨，并且很关心两岸的政治、经济的发展，对在美华人生活非常了解，又在美国顶级的超市担任领导职位，也担任华人在这个公司的最高职位，可否以你在美生活 30 多年的经验，谈谈华人媒体在当地的影响？

谢可斌：30 年来，美国有《中国时报》《世界日报》《星岛日报》《明报》等，以及许多社区周报，这些对于华人来说，尤其在过去还没有电子媒体的情况下，是在美日常生活重要的精神食粮。对于新移民来说，认识美国、思乡感情的寄托、了解当地的生活环境，包括找华人医生、律师、会计、保险、中文学校等，华文媒体都是最贴心的依靠。作为读者，我所关心的世界新闻、美国新闻、内地和港澳新闻、当地华人社区新闻等，在华文媒体都可以读到，非常方便。

刘伟：您对华人在美国主流社会的地位有什么看法，原因是什么，如何提升？

谢可斌：我一直在美国人的公司工作，过去外国人乐于学中文脏话，现在都学问候用语，并以此为荣。美国人日常生活用品中有很多都是中国制造，他们已经接受了中国产品便宜的事实。

华人在美国要自己争气才会受尊重。还是有些人被看不起，如不看场合大声说话，包括在图书馆、巴士、火车、飞机等公众场合。这也不是只针对华人，不论何人何族，都要入乡随俗。随着黑人解放，白人歧视现象收敛了一些，但对其他民族的歧视就突出出来。所以我们华人要自强。

至于美国政府对中国的政策并不乐观。就是俄罗斯实行民主化了，也一样被美国排斥。美国考虑的是国家利益。中国在崛起,所以就不可避免与美国的利益发生冲突。

而对于华人,语言跟不上,就很难获得提升。在一般行业华人可能还有希望,要害部门、核心高层,华人是很难与主流精英竞争的。除了语言先天不足,还有背后没有强有力的背景,在同等经历、能力的情况下,一般不会选我们。

犹太裔、印度裔就有优势,而且他们都比较团结。华人比较会压华人,有些华人的第三代、第四代甚至不提自己是华人,而认为自己是美国人。现在美国主流社会重视华人,只是重视华人选票,不是华人本身。华人一般只能做华裔顾问之类,或者依靠华人拉捐款、拉选票而已。华人的儒家文化,也强调中庸,明哲保身。所以华人要强大,任重道远,不容乐观。

图1　美国新泽西福建同乡会是在新泽西地区最具影响力的华人社团之一

(整理者:金晓春)

附件一

关于本书作者的
纪实新闻选登

中央电视台《全球侨胞"中国梦"》征文获奖并播出稿:《我在美国当记者》

作者:刘伟　朗诵:中央电视台主持人 韩佳

　　美国新泽西州政府经济发展署(NJEDA)办公室给华文报纸《世界日报》发来电函:"今天下午 3 点有一个重要的国际贸易会议,邀请报社派记者参加。"接到主编的电话后,我随即拎起摄影包、采访本、记者证,驱车近两个小时,经过层层安检,来到新泽西肯登市州府大楼的新闻发布厅,和一众美国各主流媒体记者坐在后排等待采访。

　　新泽西州经济发展署国际贸易部主任赛勒(Camille Sailer)主持会议,当天到会的包括新州州长办公室经济发展办公室代理主任唐尼(Jack Donnelly)、州长办公室公共倡议人华裔陈克文、州经济发展署顾客解答处资深副总裁奥斯夫斯克(Cynthia Osofsky)和俄罗斯大西洋中部商会会长卡甘(Val Kogan)、墨西哥 Promexico 公司驻纽约办事处主任戈扎勒斯(E dmundo Gonzalez)以及费城世贸中心总裁康林(Linda Conlin)、新州学院商业学校教授谭(Lynn Tang)等各国的官员、专家等 70 多人到会参加。

　　会议目的在于鼓励各国、地区的驻美经贸官员、商会、企业,了解新泽西州企业在高端技术上的研发和产品生产情况,进一步加强与新泽西政府经贸主管部门和新泽西企业的合作,共同推动国际性的经贸交流。

　　由于新州经济发展局国际投资招商华裔专员张经伦的积极联络,中国驻纽约总领馆的科技参赞毛中颖,领事许鸿、庄家,经贸领事柴育卉;"台湾驻美投资贸易服务处"主任朱为正、商务秘书倪伯嘉;"台湾对外贸易发展协会"驻纽约办事处主任李再仁、经理吴月娥;美国中国总商会秘书长黄学琪,新州中美商会行政总监钱伊瞻,亚洲印度商会会长(Seema Singh)、韩国驻美名誉总领事邦么(E. Harris Baum)等多位亚裔嘉宾均到会。成为当天会场最活跃的族裔之一。

　　州长办公室经济发展办公室代理主任唐尼在会后,还特别和我握手交谈,热情地表示,新泽西州与中国的经贸关系非常密切,新州州长柯翟多次访问中国,积极推进新州与中国相关省份的合作。他说,新泽西伊丽莎白海港是中国货物到达美东地区的重要港口。希望我们《世界日报》作为全美最大的华文媒体要积极宣传、促成新泽西州与中国更密切的经贸关系。

作为一名美国华文媒体的记者,以上是我如今日常采访工作的简单片段。而作为一位旅居美国十多年的华人,这看似正常的采访,实际与十多年前的情景对比有着巨大的变化。我深感这变化背后的不简单。

还记得十几年前初进报社时,新泽西州政府或者地方政府的重要新闻发布会,一般只通知主流的美国媒体,华文媒体常常只能吃闭门羹。我们有时从美国同行那探听到消息、再向媒体管理部门提交采访申请时为时已晚,而且常常没有得到准许的回复。当我们自行前往在门外守候时,安检和守卫人员常常以狐疑的眼光打量着我们,似乎想说,你们也来干吗?

可是如今,随着中国的繁荣强盛和华人群体影响力的提升,美国政府各类重要的政治、经济、文化、教育活动,开始主动邀请华文媒体参与报道,中国包括港台的驻美官员、华人企业高层、专家学者参加;州政府警察厅、媒体协会还给我们这些重要华文媒体的记者发放媒体专用车牌和记者证,让我们方便、快捷、不受阻挠地抵达新闻现场,与主流媒体平起平坐。

当然,华文媒体十几年间的变化远不止如此,比如对中国的报道从负面居多,转为积极正面为主,中华人民共和国建国 60 周年阅兵、北京奥运会、上海世博会、神舟飞船升空等华人引以骄傲的新闻被做成了醒目的专版专刊;华文媒体的数量不仅猛增了上百家,更从报纸扩展到电视、广播、网络等各个平台;美国主流社会对华文媒体也日益重视与认同,总统、州长、议员候选人甚至会亲自拜访、争取舆论和选票支持;美国主流媒体也关注我们华文媒体的报道,并予以转载、引用。在华人族群地位日益提高的过程中,华文媒体在放大华人的声音、维护华人的权益、宣传华人和祖籍国形象等方面发挥着独特的影响,在美国主流社会发挥越来越重要的作用。……从这些变化中,我感受到更多炎黄子孙洋溢的自豪,也感受到我手中笔和镜头的分量及更多的传播中国、服务华人的责任。

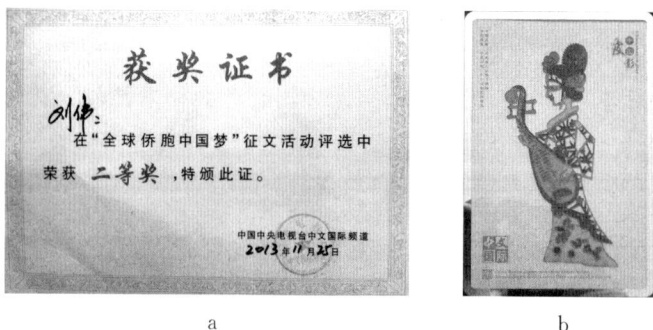

a

b

图 1　中央电视台《全球侨胞中国梦》征文获奖

中央电视台《全球侨胞"中国梦"》征文获奖并播出稿:《我在美国当记者》

图 2　中国中央电视台《中文国际》播出（由主持人韩佳配音）

中国国际广播电台播出稿：
《刘伟的异域"中国梦"》

中国国际广播电台 1009 全景中国播出　2013 年 10 月 10 日
【节目 C 成品：福建台】

福建台：

　　海外华人故事，发掘丰富多彩适合外宣的选题。节目立意深刻，主题鲜明，结构、文字清楚，采访和音响到位，加之主人公较强的语言表达力，使得节目较鲜明生动地展现出一位追梦者的充实精彩人生。

　　等级：甲

　　链接：http://gb.cri.cn/1321/2013/10/10/6491s4279322.htm

　　已经是校长助理，却选择辞职移民美国，从零开始；好不容易在新泽西站稳脚跟成为知名的华文记者，又选择回国当起了美籍博士生。下面要讲述的这个故事主人公名叫刘伟，美国知名的华人媒体《世界日报》的记者，美国新泽西州福建同乡会会长。下面我们就跟随福建台的记者，一起来听听刘伟，这位福建人在美国的故事。

　　金秋时节，福建省海外联谊会第五届大会在福州举行。新任福建省海外联谊会常务理事的刘伟带着他的新书《记者的梦想》，接受了记者的采访：

　　我最近又出了一本书叫作《记者的梦想》，我自己的梦想，我是这样定位它的：我记者的梦想，也是中国梦的一部分。我的梦想是：异域中国梦　厦大续传承。我到厦大来，把我的梦想，传递给我的学生。让我的学生也建立起当一个好记者的梦想。

　　"开弓没有回头箭"，刘伟这样形容自己。十多年前，他就如一支笔直的箭，从祖国射向那陌生遥远的国度——美国，实现自己的记者梦。十多年后，他又重回祖国，把自己的梦想带到厦门大学，传递给他的学生。

　　我从中国出去，从头开始，在美国做记者，再回到大学读书，等于又是从头开始。突然开始不同的生活，不仅要去念书，还要教书，这是要有勇气的。我一直在追梦。

一直追梦的刘伟对记者说,一切还得从赴美签证通过的那一年说起。2000年,时任福州旅游学校校长助理的刘伟陷入了两难:他刚从北京师范大学"中学校长高级研修班"进修回到福州,事业蒸蒸日上,而同时,艰难申请了8年的移民签证通过了。是留在国内享受事业的成功,还是带着女儿到美国和爱人团聚?最终,他选择放弃国内的一切。他说:"刚到美国,兴冲冲地当起观光客,还买了辆拉风的三菱跑车。"这种新鲜感,很快被语言不通、不会苦力、没有技术的失落取代:

刚刚去的时候心里面的落差非常大。因为出去后你发现自己什么都做不了。40多岁的年龄也比较大,没有英语基础。我考虑我要做什么,我想我的长处是什么,如何能够扬长避短。

面对困境,刘伟冷静分析自己的长处,在美国重操旧业,当起了老师:

我想到我唯一的长处就是中文。中文在美国有什么用呢?那我就想到了中文报纸或者中文学校。第一个是中文学校,我在中文学校教六年级。后来我还当了这个学校的副校长。

刘伟在美国教起了中文,可是由于这所学校是周末学校,收入有限,他还是不能摆脱困境。后来有人介绍他去当地的一家小报当记者,欣慰之余,困难又摆在了眼前:很多采访对象是美国人,不会英语怎么交流?美国是一个汽车国家,而刘伟车技一般,路又不熟,开车去采访时,要么因为车子开得慢被后面的司机鸣喇叭闪灯抱怨,要么因为走岔了路而反复折腾。刘伟回忆说:"有一次我去采访一个在新泽西州北部开大型超市的中国人。那时是冬天,路上覆盖着厚厚的雪,又有不少岔路,因为看不明白英文路标,不断开错路,再倒出来,再开,本来40多分钟的路程,我足足开了3个小时,回到家已经深更半夜了。"

后来《世界日报》有个机会让我去试一下,主任给我三个任务让我去采访,如果符合要求,就可以考虑。一个是福建出去的太极拳的冠军陈思坦,一个是当地华人社团的一个活动,还有一个是美国主流社会的活动,这三个稿写完以后,主任看了很满意。他就用了两个字,很好!从此我就在《世界日报》工作,有七八年的时间,一直在新泽西当《世界日报》的记者。

在《世界日报》这样的华文大报服务,刘伟有机会广泛接触各界的华人华侨,以及众多的华人社团,既有机会近距离采访海内外高官、名人、明星,也可以了解普通华人在美生活的真实感受。他写的新闻不断被中国新闻网、中国侨网、中国经济网、新华网、人民网等转载,而在这个过程当中,刘伟也赢得了华人社区广泛的尊重和肯定。他与当地的福建乡亲一起发起了新泽西福建同乡会,并且成为会长,热心地为福建乡亲服务。

我在美国找到了自己的一片天。也因为我当了记者,跟各界接触比较广,更多地了解了当地福建乡亲的情况,我就跟当地的福建乡亲一起筹办了福建同乡会。我是新泽西福建同乡会的发起人。我不是从商的,当地的一些社团领袖比较有经济实力,可以支撑这个社团的活动。但是他们非常支持我,他们说,第一你是创立人,第二你对社区这么熟,第三你原来当过老师,有能力,你应该去做这个工作,至于经济上的事,我们这些商家支持你。所以我就当了会长而且连任。

在海外的福建人,都有着爱国爱乡的传统,刘伟常说,我用特殊的方式爱祖国。

很多人都问我,什么是特殊方式。很多人出国以后,挣了钱,用这个钱,投资建设(家乡),这是一种方式,还有人出国以后做科研,他回来用智慧帮助国家建设,我们当记者回去干什么?我们就是用我们的笔和镜头,来关注我们的华人生活,维护他们的权益,来宣传我们华人在海外奋斗的一些情况,宣传我们家乡发展的一些情况,这就是我们所表现的爱国主义的一种方式。我们特殊的方式。

身在异国,刘伟始终关注着家乡的变化。他曾多次回福州参加侨务或采访活动,包括"海外媒体聚焦海西""5·18 海峡两岸经贸交易会""6·18 项目成果交易会"及"海峡论坛"等,用自己手中的笔和镜头,传达着一种特殊的爱国情怀。

我希望通过我的笔和镜头,来宣传自己家乡的一些变化。我的读者是海外的华人,海外的福建人,他们已经很久没回来了,他们想关心的事,就是我想写的。比如城市的变化,有些人离开福建很久了,他们很关心家乡是什么样子的,福州是什么样子的,东街口是什么样的,茶亭街是什么样的,我专门拍了茶亭街、金山的照片,我甚至还跑到长乐去。他们已经很久没有回来了,他们很关心他们曾经熟悉的地方,现在改变了。金山,过去是乡下。我还去了龙岩,过去很落后的地方,我拍了夜景,他们很惊讶:这个是龙岩吗?有大都市的感觉。华人还是很关心国内的,特别是自己家乡的情况。这种报道是很受欢迎的。记者:这也是你工作的价值所在。刘:是。用笔和镜头关注华人世界。我用特殊的方式爱祖国。

用笔和镜头关注华人世界的刘伟在 2010 年出版了《我在美国当记者》一书,在国内外引起很大反响。不过,他并不认为自己已经"功成名就",2012年,刘伟又做了一个惊人的决定:回国,到厦门大学攻读博士学位。

我对自己的人生规划做了调整。我当记者年龄比较大了,从成就感来讲,我做了十年,出了一本书叫《我在美国当记者》,这对于记者来说,也算一段精彩。但是如果再做,也许是重复,我想要换一个轨道,做一些调整。我就报了厦门大学新闻专业的博士生。

在厦门大学,老师们给了刘伟很多指导,他也从同学们身上学到了许多东西。刘伟说,他现在的研究方向是如何发挥美国华文媒体在海外战略传播中的作用。

刘伟还兼任本科双学位专业课《新闻采访与写作》的教学。他以一线记者的角度讲课,还以自己为采访对象,在课堂上采取新闻发布会的方式,接受学生采访,现场点评学生们的问题。"学生的认真和水准让我很受鼓舞",刘伟将学生的习作编成书,这也就是今年6月刚出版的《记者的梦想》,主题为"异域中国梦,厦大续传承"。从老师到记者再到学者,清零自己,不断地改变。刘伟说,这些年,他一直在追梦。

博士毕业以后,我会以在国内的大学继续教书为主。我还要到重庆的一所大学去当客座教授,教授今日新闻现象。我一直在想,现在我还有什么梦想。其实挺辛苦的,但是我是有梦想的人,我希望自己有新的梦想,新的精彩。

图1　刘伟与福建东南广播电台记者讲述移民故事

图 2　刘伟接受福建东南广播电台记者采访，节目送中国国际广播电台获"甲级"评价

福建电视台《八闽之子》:
《记者到学者 精彩再出发》播出稿

记者:王文青等 2013 年 8 月 17 日播出

图 1 刘伟在厦门大学新闻传播学院会议室,
接受福建电视台《八闽之子》栏目记者王文青采访

他,曾是美国《世界日报》新泽西州的记者、央视中文国际《华人世界》栏目《我在美国当记者》的主人翁;现如今,他是厦门大学的美籍博士生和客座教师,把自己在美国从事记者的十几年经验传授给自己的学生,分享给更多热爱媒体行业的人。现在他在厦大再次出版了新书《记者的梦想》,主题是:"异域中国梦,厦大续传承"。

刘伟同期声(分享)

他就是我们本期节目的主人公——刘伟,从记者到学者,精彩再出发。八闽之子,正在播出!

刘伟:精彩再出发

报头:你好,观众朋友,欢迎收看《八闽之子》。在众读者通过每天层出不穷的新闻了解这个世界的时候,似乎对新闻背后的记者这一职业不甚了解,更不用说在异国他乡的中文媒体从事记者职业的人了。今天的节目,我们就向你介绍一位在美国当记者的福州人刘伟。

配音:刘伟,全美第一华文大报《世界日报》新泽西州记者,新泽西福建同乡会会长、福建省海外交流协会常务理事、福州市侨联海外委员、厦门市海外人才工作顾问,厦门大学美籍博士生和客座教师。

配音:2010年1月,刘伟《我在美国当记者》一书出版发行之后,引起了社会很大反响,尤其是热爱媒体行业之人。

配音:《我在美国当记者》一书主要收录了刘伟先生记者生涯的部分重要事件报道。他以旁观者的角色,客观细腻地记述了各色各样的华人活动。没有增添,没有消减。时间地点人物活动俱全,报道多半伴随着照片,所谓一张图片胜过千言万语,读者从书中自然了解到活动的详细状况。这样的报道给读者提供了原汁原味的内容,而且图文并茂。

配音:刘伟在国内的工作并不是记者,毕业于中文系的他,先是到福州十中任教,一路从底层做起,最后晋升福州旅游学校校长助理兼教务主任、高级教师。在这所国家级重点学校,校长对年轻的刘伟青睐有加,用心培养这位在省市教育、旅游行业崭露头角的青年精英。2000年初,刘伟被市教委送往北京师范大学"中学校长高级研修班"学习,并被列入福州市中学"特级教师"后备名单。

同期声:刘伟(2)

配音:然而他的教师生涯被美国驻广州总领馆移民签证通知打断,为了和家人团聚,他放弃了在国内已经打下良好基础、前程一片光明的事业,来到了美国新泽西州。

同期声:刘伟(3)

配音:随着刚到美国新鲜感的日渐减少,迷茫渐渐占据了刘伟的心房,未来将何去何从?语言、文化、气候等移民面临的所有问题都在他身上淋漓尽致地体现了出来。

同期声:刘伟(4)

配音:"在美国,我用一种特殊的方式爱祖国。"这句话或许是随着刘伟的新书而传播开的最令人津津乐道的一语。他的笔和镜头,传播着由海外华人承载着的中华文化,让异国听到更多华人的声音,见到更多华人身上闪耀着的光辉。

同期声:刘伟(5)

配音:2012年8月,中央电视台中文国际《华人世界》栏目以刘伟的书名为题,介绍了刘伟在美国12年的移民生活,讲述了他从一名优秀的教师,到美国从头做起,成为美国知名的华文媒体记者和福建社团领袖的感人经历。这无疑是他从中学教师到成为美国新闻记者的一段精彩人生。

同期声:刘伟(1)

配音:2012年9月,刘伟以美籍博士生、客座教师的身份回到家乡,为厦大的师生分享记者生涯的点点滴滴,为自己的人生续写新的精彩篇章。

同期声:刘伟(6)

厦大赵振祥副院长

配音:从美国华人社会尊重的记者到厦大学者身份的转变,刘伟坦言,这是他对新闻事业的延续,对自己也是一种更大的挑战。

同期声:刘伟(7)

学生(多位)

配音:作为厦门市海外人才工作顾问,刘伟不遗余力地为厦门,包括福建省、福州市的高层次人才发展中心牵线搭桥,为更多海外人才回乡创业提供支持和帮助。

同期声:厦门市高层次人才发展中心主任陈燕滨

报尾:作为一名记者,他用笔和镜头真实、客观地反映华人社会生活,成为在美国受华人社会尊重的知名记者。但他不满足于这一现状,以学者的身份回到中国,利用记者生涯的经历和人脉,以美国华文媒体的发展与未来,和中国国家海外战略传播等学术课题为研究方向,让自己的人生有一个更高的追求。我们也期望刘伟在学者的道路上越走越宽,为我国的新闻事业做出更大的贡献! 好,感谢您收看今天的《八闽之子》,我们下期再见!

图 1　福建电视台《八闽之子》摄制组来厦大拍摄

注：左一为记者王文青，左二为刘伟；右一、二为摄像记者

图 2　摄制组拍摄刘伟在厦大的课堂教学

福建日报《闽声》杂志：梦想在前　蜕变在后

文：胡艳娜　摄影：周昂　2013年9月期刊出

编者按：

　　行走的力量，就像观看贾科梅蒂的雕塑——《行走的人》，一个没有头部和双臂的人，坚持大步向前的动态。其中，蕴涵的无穷动能和坚定走在风云叱咤的大气里。这是要多大的梦想做坚实的后盾，才能这样坚定地步步向前。而观刘伟的大半生，也就是这样的一步步梦想在前，蜕变在后的坚强行走。如果认真翻开他述说的人生字典，其实有这么几个字可以形容："转身，亦是风景。"

　　2000年，这一年，他选择与离别6年的妻子团聚，带着女儿远走他乡，辞职、移民美国。

　　2001年，他进入新泽西州华裔记者行列，后又成为美国最具影响力的《世界日报》的知名记者，他用自己的笔和镜头，真实而多方位地记录海外华人的生活，用自己的方式表达爱国情怀。十年后，已是资深华文记者的他，出版了《我在美国当记者》一书，记录十年记者历程，再一次传播中华文化、放大华人的声音，彰扬华人创业的成功和艰辛，宣传家乡建设的成就等。

　　2012年，再次转身，由于他的记者背景，很荣幸被从小向往的厦门大学新闻传播学院破格录取为海外博士生。同时，他被厦门大学新闻传播学院聘请执教于双学位2个班的《新闻采访与写作》《新闻学概论》课程。

　　2013年，他出版了《记者的梦想》《厦门大学咖啡文化》两本书。

　　他，就是美国新泽西福建同乡会会长——刘伟。

为"小家"远走他乡　教师到记者的转变

　　移民签证是通往海外的敲门砖。2000年，在42岁勤恳、扎实、脚踏实地的刘伟以为自己会按着既定的老师道路，继续向前走的时候，没有想到，上天好似玩笑般，让其通过了"八年抗战"的美国签证。这时的他，大好前程——时任福州旅游学校校长助理兼教务长,从北京师范大学"中学校长高级研修班"进修回福州,并被列入福州市中学"特级教师"的后备名单,在前方静静等待着他走过去。而一纸通知,打乱了他的如日中天的事业计划。他陷入了两难的选择,一边是妻子盼望着一家团聚,和乐融融;一边是自己的事业,扶摇直上,前程似锦。

"最终让我下定决心到美国来的,是对合家团聚的渴望。"刘伟经过深思熟虑,最后在对妻子的思念,还有女儿对妈妈的想念中,选择移民美国。

初到美国的刘伟,从观光者的旅游兴奋状态渐渐被语言环境的改变带来的失落感所填满。"那年我四十多岁,初来乍到,没房、没车、没工作,一家借住在开餐馆的姐姐家。那些日子真不知道怎么熬过来的,每天听着萨克斯管《回家》暗自伤感,花园般的新泽西也引不起我对美国的好感。"

这时的他,勇敢拼搏的精神始终在沉淀着。"一个男人,什么都可以没有,但是不可以没有斗志。"也正是因为这样,背水一战的他,"扬长避短,找寻适合自己的路。"他为自己定位,成为一名华文记者。在家人一路的鼓励与陪伴下,从新泽西最老的小报《新象》周刊开始,不断锻炼与练习打字、英语口语及驾驶技术。一步步积累实际操作经验和学习专业技巧,最终他得到了《世界日报》的认可,正式成为美国最具影响力的华文报纸的记者。

他说,"发现新闻的能力是新闻记者与众不同的重要素质。""记者是一个神圣的职业。当我走下中学讲坛,来到美国拿起相机、采访本,就十年如一日地构筑着一个名记者的梦想。"而在沉淀期,最感谢的是家人,尤其颇为感动的是女儿刘媛初中功课比较轻松,常常陪同采访,车上就是英文课堂,女儿就是教师。""太太洪旋上晚班却天天起早做早餐,晚上削好水果,坚持不懈,实属不易。"十年沉淀,使刘伟一步一个脚印地步入了一片广阔的天空。"能够得到在中国得到的那份尊重,回国的时候也能同样地受到尊重。"这是十年记者生涯的刘伟最大的感受。

异质文化氛围的包围与地域的分割,从未隔绝华裔在血缘种族上对故土的关切与眷恋。"新闻报道是海外记者爱国的一种特殊方式。"他用自己的方式传达着自己的爱国情怀,用笔和镜头关注华人世界,并在 2010 年出版了《我在美国当记者》一书。这仅是他的梦想开始,稍稍地一点蜕变,新一次的蜕变正在下一次转身。

从美国到中国　记者到学者的二次蜕变
机缘巧合的意外收获

2012 年初,在美国采访厦大访团的刘伟,又一次意外得知心中向往已久的厦门大学有一个"中美人文交流专项奖学金项目"。这一次展现在他面前的是,一条通往更高层次的新闻殿堂。作为 52 岁超龄的自己,他将过往十年历程,对厦门做的种种工作,洋洋洒洒整理了 50 张资料与照片寄往心中的殿堂——厦门大学。最终,他破格成为 2009 年奥巴马总统访华时提出的"三年派遣十万留学人员来华学习"的其中之一。

在《记者的梦想》中刘伟是这样说的:"年过半百,却再赴征程,似乎充满梦想成真的惊喜而又有一点毅然放弃美国所打下一片天的悲壮。"褪去了华丽的知名记者的外衣,他成为一名中美交流的海外博士生。在他看来,"当记者十年给了我很多的收获,可继续当十年,有可能是停滞甚至倒退。"所以,在面对人生道路的一次次抉择的时候,他没有踌躇犹豫,没有因对未来的未知而退缩,没有满足于现有的环境和成就之中,他在一次又一次的合适机遇中选择勇敢面对。

初来乍到,住宿是他首要的难题。他清楚记得,一位老师将自己空闲的房子借给他,当他看着那间除了床铺之外什么都没有的房间,泪水默默地滑落。回国时一颗热诚的心被轻轻地拨动着。最终,他没有被这些情绪所影响。他为自己打气:"要享受,就不是放弃美国优越的生活条件,千里迢迢回国。可你是为了求学,为自己的人生创造新精彩。"他说,这就如行书精髓:"书法如人生,形未连而气相连。"行书亦如此,人生亦如此,每做一件事情都是为了下一个目标做铺垫,发挥所有资源应有的作用。思至此,他也就开始定心下来,开始置办家具,开始了厦门大学的求学之路。

转眼一年的春夏秋冬就静静的溜走了。在这一年里,中文系毕业的他就像海绵一样,吸收着各方专业的新闻基础知识,丰富自己的新闻理论阅历。他的指导老师——厦门大学新闻传播学院赵振祥副院长说:"他是一个做事勤恳,富有国际眼光,很能吃苦,很有责任心的学生。"如果在博士生讨论的课堂,他既能将自己国际视角的新闻观点去影响其他的博士生,又能与他人形成强大的研究团队,为新闻传播的研究添砖添瓦。"有时候的课堂上,你会看到,博士生都喜欢围绕着他转。"这也许与他的年纪与阅历分不开。而对于他的实战

图1　刘伟与学生讨论

经历，对于厦门大学新闻传播学院赵振祥副院长来说，那是一个宝库。正如厦门大学一直以来的育人原则，"理论顶天，技能立地"。在赵院长看来，"师者，传道授业解惑也"。而刘伟正好符合这一方面，因此在学习之余，担任了厦门大学新闻传播学院双学位2个班的"新闻采访与写作""新闻学概论"课程的老师。今年秋季，刘伟行程满满，9月受邀到台湾铭传大学、政治大学做访问学者，进行学术交流。10月受邀到重庆工商大学做外籍客座教授，讲授"今日新闻现象"前沿课程。明年初又受聘到美国新泽西州菲尔莱狄金森大学中国项目班开讲三门新闻课程。

图2　回归教师 记者梦想的延续

"又回到了久违的课堂，十多年前，我从教室走出来，到美国打拼一遭成了记者。今天我又回到了教室，重新站到了讲台上，这感慨是话不尽道不尽的。"如今的他，从课程大纲的拟定、幻灯片制作到写作案例的筛选、作业题的布置与批改，每一项都是他自己亲力亲为。这就像重新养育一个女儿，吃喝拉撒一一担心，一一顾虑，一一亲自动手。"也正是因为他的这种认真态度，才能将枯燥的条条框框变成了一个个生动的他在美国华文媒体的采访故事，使得课堂气氛非常活跃。"双学位班班长胡月细细回味着这一年的学习经历说着这样的感慨。

在美国博士学成回来的胡悦老师眼中，"他来到厦大，不仅为大伙的学术研究提供了大量的时间，还有精力。更是让我们看到了新闻多纬度的思考。他在以润物细无声的形式，潜移默化地影响着身边的老师，同学，还有学生们。"每一个新闻报道案例报道后面，是他的亲身经历与无限感慨。在他心中，"一所好的大学，可以培养好的学生，而好的学生可以成就好的老师。厦门大学的课堂就是一个成就好老师的课堂。我的学生充满纯真和智慧，我从他们身上学到了很多很多。做他们的老师，我很幸运。"

而作为刘伟的学生也是幸运的。他是一个在前进途中努力奔跑时，会不断停顿下来自我认定的人。这种认定与梳理，可以是自己，可以是全部的参与者，就像这次为学生出版习作集《记者的梦想》一样。他说，"这既可以作为我在厦门大学新闻教学的一个成果，也希望我的学生们能从中互相取长补短，有所教益；如果还可以作为其他新闻传播专业学子学习采访写作的参考，让我的记者梦想在这些学子身上延伸，那我将非常欣慰。"

现如今，一辆自行车，只身一人的刘伟，骑行于厦门大学的林荫小道上，总有身边的人与他打招呼。也许是志同道合的老师，也许是自己的博士生同学，也许是他的学生们。而你只要说上你的具体位置，他都能轻松的骑车到你的身边。"到厦大来不仅没有离开新闻领域，而是原来记者生涯的延伸和提升。"刘伟说，他现在的研究方向是如何发挥美国华文媒体在海外战略传播中的作用。

华文媒体由于长期植根于华人社区，与华人华侨生活紧密相关，并受到他们的信赖和喜爱。对华人华侨的观念、思想、立场和生活最有影响。而华文媒体在美国社会的壮大，对华人社会甚至主流社会的影响，正是我们应该借助的力量，可以说，做好这一地区华文媒体的了解、研究和争取工作是我们国家海外战略传播、树立良好国家形象的一个关键性渠道。

图 3　福建日报《闽声》杂志

a

b

图 4　福建日报《闽声》杂志发表刘伟专访文章《梦想在前　蜕变在后》

《福州日报》专访:《我用特殊的方式爱祖国》

记者:吕路阳　2010 年 3 月 22 日刊出

　　由美国最有影响力的华文报纸《世界日报》新泽西州记者、美国新泽西州福建同乡会常务副会长刘伟编著,中国国际文化出版社出版推荐的《我在美国当记者》一书上下册,日前在上海、福州、美国东部地区及网上同时发行。该书收集了刘伟先生在美国中文媒体从事新闻记者工作 9 年来部分新闻报道、人物专访等 300 多篇和数百张新闻照片,共 40 多万字。刘伟是一名来自福州的中学教师,移民美国后转行当中文媒体记者。他用自己的笔和镜头,真实记录海外华人的生活,传播中华文化,放大华人的声音,促进华人社区和谐,彰扬华人创业的成功和艰辛,为华人争取权益,宣传家乡建设的成就。在接受记者采访时,刘伟颇为感慨地说——

　　在美国,我用一种特殊的方式爱祖国

　　在漫漫人生的某些岔路口,何去何从,总令不知所措的人们费尽思量。九年多前的刘伟,就曾被这样的烦恼,折腾得寝食难安。即使是在顺利获得来美国的移民签证后,刘伟还是在去留之间矛盾挣扎、犹豫不决。他一遍又一遍地问自己:“我究竟要不要去美国?”

　　毕业于中文系的刘伟,先是分到一所中学任教,一路从底层做起,教师、班主任、团委书记,办公室副主任、主任,教务处主任……,最后晋升福州旅游学校校长助理。在这所国家级重点学校,校长对年轻的刘伟青眼有加,用心培养这位在省市教育、旅游行业崭露头角的青年精英。2000 年初,刘伟被市教委送往北京师范大学“中学校长高级研修班”学习,并被列入福州市中学“特级教师”后备名单。偏偏在七月,刘伟收到了美国驻广州总领馆移民签证通知并限九月五日前到达美国。而在两个月后的九月,他的校长助理任满一年,副校长任命可能就在眼前,而且是未来校长的热门人选。事业有声有色,大好前程唾手可得,怀揣省教育学院颁发的中学校长上岗证,这时的刘伟,就要在人生最重要的关口做出一次平生最艰难的抉择。何去何从,刘伟几乎夜夜难眠,举棋不定。

"最终让我下定决心到美国来的，是对合家团聚的渴望"，刘伟平静的叙述里有着浓浓的情意。他和他太太洪旋是大学同学，相恋五年，结婚后恩爱至深。太太先来美国，转眼就是六年，望穿秋水，好不容易盼到丈夫、女儿获准前来相聚了，刘伟又怎么忍心让苦了这些年的太太失望呢？对一家三口重新生活在一起的憧憬最终让他放弃一切来到美国新泽西。

然而一到美国，刘伟马上又面临了另一场挑战。不会讲英语，什么都不能做。虽说是移民来美，感觉上比那些偷渡客还不如。"那年我四十岁，初来乍到，没房、没车、没工作，一家借住在开餐馆的姐姐家。那些日子真不知道是怎么熬过来的，每天听着萨克斯管《回家》暗自伤感，花园般的新泽西也引不起我对美国的好感。"

2001 年，备受失落煎熬的刘伟一个人回到福州，想看看有没有回头的可能。可是，即使短短的一年，他眼前的一切也都物是人非了。原来学校的职位早已有人顶上，往日的荣耀早已成为过眼云烟。就在刘伟彷徨无措之时，当年颇为赏识他的一位老领导推荐他到刚组建的福建职业技术学院，筹建旅游系并出任系主任。当刘伟兴冲冲向省教委人事部门询问此事时，对方的回答却当头泼了一盆冷水：来可以，但工龄、教龄要从零算起，高级职称要等有职数时才给。

刘伟彻底失望了。无奈之下，他只能重回美国。这次，他被逼上了一条前程未卜的漫漫移民路，没有了退路，孤注一掷的刘伟此时的潜能也被激发起来了："一个男人，什么都可以没有，但不能没有斗志。不能被挫折打倒。我既然已经到了美国，就一定能找到属于我的那片天空。"

回到美国后，好多朋友给刘伟出主意：去读书，拿个学位，将来找份高薪工作。可是刘伟想，自己的长处在中文，不惑之年再去念个理科的学位，用的又是英文，此举显然不明智。可在美国哪里最用得到中文呢？绞尽脑汁的刘伟有一天大脑突然电光石火：对了，就去中文报纸！事不宜迟，他马上开始出击。

经人介绍，刘伟到新泽西最老的小报《新象》周刊当了一名记者。欣慰之余，困难又摆在了眼前：过去学校有打字员，不用自己动手，现在当记者，首先要学会中文打字；再则，这里很多被采访的华人常常只讲英语，更不要说采访对象是美国人或政府部门，不会英语怎么交流？路上的交通标志是英文，看不懂。美国是一个汽车国家，一切都靠四个轮子，开车也比较规矩。而刘伟开车技术一般，路又不熟，开车去采访时，要么因为车子开得慢被后面的司机鸣喇叭闪灯抱怨，要么因为走岔了路而反反复复折腾。"有一次我去采访一个中国人开的大型超市，在新泽西州北部一个镇，公路两侧都是森林，那时是冬天，路上覆盖着厚厚的雪,又有不少岔路,看不太明白英文路标,就不断开错了路,又得倒出来,本来 40 多分钟就可以到,却足足开了 3 个多小时,回来家已经深更半夜了。"好在当时女儿刘媛学校功课不忙,常常陪同采访,车上就是英文课堂,女儿就是教师,刘伟从中受益匪浅。

就这样边学边做,几年后,刘伟已能够用基本的英语与被采访人交流,并从容地采访州政府和州各所大学相关的活动;驾驶技术也熟练了,在华人社区也建立了广泛而深厚的人脉关系。当地华人已非常认可这位来自大陆、能为他们说话的记者。不久,刘伟成为美国最有影响力的华文报纸《世界日报》驻新泽西州的记者,这让刘伟找到了一个更能为美国社会贡献才智、为中美两国和国内外华人服务的平台。

在美国,记者的车牌是终身的,也是特定的,别人一看就知道是记者。刘伟的车牌号是"NJP754",这个"NJP"意即"新泽西州媒体"的缩写。这样的车牌在美国只有主流媒体才有资格悬挂,而华人记者中有这样车牌的则屈指可数。刘伟在当地的知名度由此可见一斑。有一次,刘伟采访结束后开车从新泽西州 18 号公路回家,车轮陷入没膝深的大雪中动弹不得。正在他一筹莫展之际,公路巡警经过下车询问。警察一看到车牌,态度马上变得肃然起敬,问他是哪个媒体的记者? 当得知是《世界日报》的记者,几个警察特别热心地一起帮他把车子推出雪堆,走时还向刘伟敬了个礼。

在《世界日报》这样全美第一华文大报服务,刘伟有机会广泛接触来自大陆及港澳台地区的各界华人华侨,以及众多的华人社团,既有机会近距离采访海内外一些高官、名人、明星,也可以了解普通华人在美生活的真实感受。他写的新闻不断被中国新闻网、中国侨网、中国经济网、新华网、人民网、中美网、福建东南新闻网、新浪网等转载,进一步扩大了影响。而在这个过程当中,刘伟也赢得了华人社区广泛的尊重和肯定。目前,他还在新州费尔莱狄金森大学硕士研究生班学习,以进一步提升充实自己。

新泽西州著名爱国华侨、"新州中国日"主席林洁辉对刘伟给予高度评价,她说新州历来是华人藏龙卧虎之地,能人如过江之鲫。但是这里的华人一直以来寂寂无声,忍气吞声。如今已是扬眉吐气,极受尊重甚至嫉妒。"这一切都要归功于侨胞们的自爱及富有的民族精神,其中一位佼佼者,便是刘伟先生,他来美虽只九年多,但一直从业华文媒体工作,成为华人社区的重要力量,为其中广受社区赞誉的一员。"

身在异国,刘伟始终关注着家乡的变化。他曾多次回福州参加侨务或采访活动,包括"海外媒体聚焦海西""5•18 海峡两岸经贸交易会""6•18 项目成果交易会"及"海峡论坛"等,为宣传推介福州经济社会发展成就,积极增进中美两国人民友好往来做出了贡献。今年还被选为福州侨联"海外委员"。

在美国,刘伟正跟许许多多中文记者一样用自己手中的笔和镜头,无怨无悔地传达着一种特殊的爱国情怀。

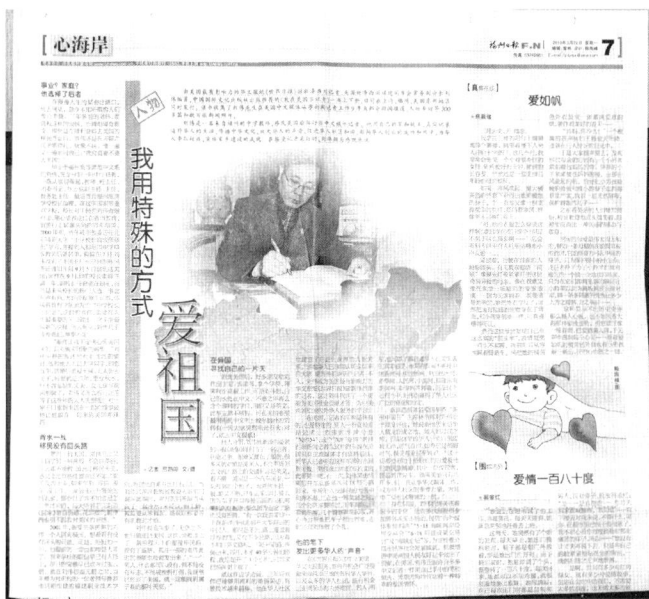

图 1 《福州日报》2010 年 3 月 22 日以大版面刊登刘伟专访《我用特殊的方式爱祖国》

福州电视台:《我在美国当记者》福州签售会

2011 年 5 月 29 日播出

图 1　福州电视台采访

图 2　福州各媒体在《我在美国当记者》福州安泰图书城签售会现场采访刘伟

厦门电视台《沟通》栏目专访：
《移民美国这十年》

主持人：陈玲　2010 年 9 月 29 日—30 日播出

图 1　厦门电视台当家主持人陈玲在《沟通》节目专访刘伟

图 2　主持人、制作人与受访人配合默契

《厦门日报》专访:《用笔和镜头关注华人世界》

记者:陈冬　2010 年 9 月 15 日刊出

图 1　《厦门日报》专访与新书签售会报道

图 2　时任厦门市委宣传部长洪碧玲非常支持和鼓励作者刘伟办好新书签售会

图 3　在厦门外图书城隆重举行《我在美国当记者》新书签售会

图 4　刘伟新书《记者的梦想》《厦门大学咖啡文化》2013 年
在厦门外图书城举办签售会

a

b

图5　刘伟的新书《记者的梦想》《厦门大学咖啡文化》获选参加在厦门举办的
"第六届中国文化博览会",并在厦门会展中心举办新书发布会与讲座

《海峡导报》专访:《清零自己　不断追梦》

导报记者:沈彦舒　文:梁张磊　图:实习生洪伟晟　2013 年 8 月 8 日刊出

　　已经是校长助理,却选择辞职移民美国,从零开始;好不容易在新泽西站稳脚跟成为知名华文记者,又选择回国当起了美籍博士生。昨天,年过半百的刘伟,带着新书《记者的梦想》向导报记者讲述了他接连转身的故事。

放弃一切毅然赴美

　　2000 年,42 岁的刘伟没有想到命运和他开了那么大的玩笑:正当自己在国内的事业蒸蒸日上时,艰难申请了 8 年的移民签证通过了。时任福州旅游学校校长助理的刘伟陷入了两难,他刚从北京师范大学"中学校长高级研修班"进修回福州,并被列入了福州市中学特级教师的后备名单,成为一名校长指日可待。是继续攀登事业的顶峰,还是带上女儿到美国和爱人团聚?

　　最终,他为了家庭团聚,选择了放弃国内的一切。"刚到美国,兴冲冲地当起观光客,还买了辆拉风的三菱跑车。"这种新鲜感,很快被语言不通、不会苦力、没有技术的失落取代,好在他找到了自己的定位:成为一名华文记者。不久,他通过美国著名华人报纸《世界日报》的考核,成为驻新泽西州的记者。"这让我找回在国内受尊重的感觉。"用笔和镜头关注华人世界的他在 2010 年出版了《我在美国当记者》一书,在国内外引起很大反响,不过,他并不认为自己已经"功成名就",新的改变,正在酝酿中。

回到国内从头开始

　　2012 年,刘伟又做了一个惊人的决定:回国,到向往已久的厦门大学攻读博士学位。当初赴美可以说是为了家庭团聚,可当在美生活逐渐稳定下来,他又为什么选择了回国？

"其实在那之前我就一直在想，当记者十年给了我很多的收获，可继续当十年，有可能是停滞甚至是倒退。"于是，刘伟在奥巴马鼓励十万美国人留学中国的背景下，成为厦门大学新闻传播学院的美籍博士生。

初来乍到，住宿成为一个难题，一位老师将自己一间空闲的房子借给刘伟，面对除了一张床什么都没有的房间，第一天刘伟就默默流下了眼泪，美国优越的生活条件，让他的回国之心动摇了。他和自己对话了起来："如果是要享受，就不用放弃美国优越的生活条件，千里迢迢回国。可是你是为了求学，为自己的人生创造新的精彩呀！"刘伟的心定了下来，第二天，他开始置办家具，开始了求学生涯。

在厦大延续记者梦

在攻读博士的同时，刘伟还兼任本科双学位专业课《新闻采访与写作》的教学。"看似从零开始，其实每个人走每一步，都是为下一步考虑的。"刘伟说，在一线的经历，让他决定要以一线记者的角度讲采访写作，他的教学全程使用的都是他在美国华文媒体的采访范例。刘伟表示，在厦大期间，导师赵振祥和黄星民老师，新传学院的老师们给了他很多指导，也从硕博同学、双学位班的学生身上学到了许多东西。刘伟认为，到厦大来不仅没有离开新闻领域，而是他原来记者生涯的延伸和提升。他现在的研究方向是，如何发挥美国华文媒体在中国海外战略传播中的作用。希望在中国海外形象建设中做出学术贡献。

刘伟还以自己为采访对象，让他的学生们对他本人进行采访，在课堂上采取新闻发布会的方式，在课堂上接受提问，现场点评学生们的问题。"许多学生采访习作的认真和水准让我很受鼓舞，他们提的问题，有些我都没有想到，教的过程，也是在学习。"刘伟决定，将学生的习作编成书，这也就是今年6月刚刚出版的《记者的梦想》，这本新书的主题是："异域中国梦，厦大续传承"。"今年10月，我将在海峡国际书展上签售这本书，希望我的学生们能从中互相取长补短，甚至作为其他新闻传播专业学子学习采访写作的参考，让我的记者梦想在他们身上延伸。"

图 1　《海峡导报》专访刘伟文章《清零自己　不断追梦》2013 年 8 月 8 日刊出

宁德市电视台:《我在美国当记者》作者来宁德签名售书

图 1　宁德市政府、市委宣传部、市侨办、市新华书店等单位领导出席刘伟新书签售会

图 2　刘伟新书签售会非常受欢迎

宁德三都澳侨报:
《用自己的方式诠释爱国情怀》

作者:阮晓昕　　文章来源:三都澳侨报　　更新时间:2011-6-2

　　日前,旅美记者刘伟正值休假回国筹备、宣传自己的个人9年书稿集《我在美国当记者》,他用手中的笔和镜头,真实、多方位地记录海外华人生活,传播中华文化、放大华人声音。虽然已至中年,但还是能从刘伟沉稳的谈吐中读出对祖国和国人的热情。

　　"所有的经历如果仅仅只是经历,那也不过是过眼云烟。"在他看来,自己从一名国内的中学教师到美国转行,从事海外中文媒体记者工作,再到新泽西州福建同乡会会长,是自己的幸运和荣耀。他和许许多多华人华侨一样,在用自己的方式爱中国、爱美国、爱社区。

图1　作者刘伟

告之"新一代侨民"的现状

刘伟2000年9月移民美国,历任《新象周刊》记者、《新泽西生活报》社区主编、首席记者、《世界日报》新泽西州记者、新泽西州福建同乡会会长。他专长于中文和摄影,在美国这个英文世界里,华文记者经历让他感觉到自己有了用武之地,找到了在美国实现自我价值、融入主流社会、适合自己继续前行的路。而在此过程中,刘伟也赢得了社区广泛的尊重和肯定。

"近十年的采访经历,我有机会广泛接触来自海峡两岸暨港澳地区的各界华人华侨,以及众多的华人社团,既有机会近距离采访一些高官、名人、明星,也可以了解普通华人在美国生活的真实感受,"刘伟介绍说,"海外新一代华人正融入美国主流社会,他们在海外的生活现状就是我想表达的。"

在刘伟的书中,还记录着当今海外许多勇敢的华人参政者,不负众望,为民代言,争得权益,报效国家和社区;不少成功的华裔工商业者积极投资,促进当地和祖国、家乡经济发展,资助华人社区各项活动;学有所长的科学家、留美学者学生用自己的智慧为中美两国的发展建设和交流合作服务;另外,华裔艺术家们,在促进美国多元化的发展、传承中华传统文化中发挥了积极的作用。

刘伟认为,目前侨务工作最重要的华人对象已跨过唐人街一代"草根移民",也不再是早年走出唐人街、相对层次较高的"新侨民",而是在美国逐渐成长起来、享受新一代崛起的华人社区,有新学校、新华人媒体的"第三代"。这些人在美国当医生、教授的比例很高,他们自信、精彩地活在美国,令人感到骄傲。

支持华人海外参政

2008年,美国新泽西州第七选区国会众议员华裔候选人邢天佑参加竞选国会议员,刘伟毫不犹豫加入了他的竞选团队。除了开设专栏,每周报道竞选快讯,还为他募集资金出谋献策。

当时,从业记者多年的刘伟知道在美国有许多华裔艺术家,其他地区还有福建的书画家协会,说服他们捐画募款是一个不错的选择。于是刘伟通过自己和同乡会关系,联系到州内、纽约、马里兰州多位华裔画家,并成功举办了捐赠拍卖仪式,到场画家慷慨捐出字画、篆刻作品,表示支持邢天佑选战到底,力争让美东地区的华人在国会里能有自己的代表。

"最开心的是来自纽约和马里兰州的5位华裔画家远道而来的支持,"刘伟说,"我虽然不是参选人,但也见证了华人在海外参政的过程。"美国福建书画家协会名誉会长李振兴捐出书法作品一幅,会长朱立业捐出其篆刻佳作《金石乐》,常务副会长张文东捐出行书书法作品《破壁》,副会长张立君捐出画作一幅,而画家黄木旺专程从马里兰州赶来,捐赠了遒劲洒脱的画作《雄风万里》。在曼哈顿华埠的东方大酒楼举行的捐赠仪式,邢天佑竞选团队到会支持,所捐字画现场被华裔民众以高价购买。

在邢天佑参选期间,(ANICO INTERNA-TIONAL)公司热心华商李敏(Mindy Lee)和彭志伟(Peter Peng)非常欣赏邢天佑的精神,很为邢天佑立志替华人出头而参与竞选所感动,决定捐出该公司出品的300只泰迪熊支持邢天佑。刘伟建议为竞选吉祥物命名"天佑熊",赠送给为邢天佑竞选捐款的支持者,表达邢天佑对他们的感激之情。

"在与工作不冲突的情况下,只要是能帮助华人的事我都积极去做。"在邢天佑参选期间,刘伟还曾半夜和家人开着车,沿途到居民区里插旗子,以表支持。

全新州第一位亚裔女市长谢兰,在角逐桑玛郡郡长过程中获得了该郡民主党内的多数支持,但最终因故遗憾落选。刘伟仗义发稿质疑选举不公,积极为华裔同胞出力。多年来,刘伟为海外华人参政报道六十多篇,帮助过十几位华人竞选市长、副市长、议员、教育委员等职。在刘伟看来,他们虽然最终都未能当选,但看到华人声音在美国已经越来越有分量,自己很受鼓舞。

图2　签售会现场

新泽西州海外同乡会 2004 年成立,当时的刘伟还是《世界日报》的记者,同时也是当地福建同乡会的发起人之一。刘伟一开始担任秘书长一职,利用经常采访华人的便利条件,在新泽西州一见到有福建老乡,就劝其入会。在他的努力下,新泽西州福建同乡会声势不断壮大,会员超过 600 人,一举成为州内最大的同乡社团,每举办活动,参与者都不下 200 人。

积极参与同乡会工作和经常采访报道,让社区内、华人圈内很多人认识了刘伟。2010 年,刘伟被推荐为同乡会的常务副会长。一上任,刘伟就邀请当地成功的企业家谢成杰担任主席,自己开始从事规范同乡会会务和管理等工作,组织活动、拉赞助、设计会标,同时不忘新闻报道。2010 年,刘伟组织了新州福建同乡会和新州福州大学校友会春节联欢晚会和户外烧烤等活动,受到了会员的欢迎。

如今,在新州大多数海外"第三代"华人(祖父辈就出国并已逐渐走出唐人街的青年一代)都认同自己的祖国是中国,刘伟对此感到欣慰。不久前,他组织同乡会成立了优秀福建子女奖学金,对象是 10 到 12 岁在新州成绩优秀的福建籍子女。"奖励大约是每人每次 600 美元吧,这比起其他机构、团体的奖学金高出很多倍了。"刘伟说,同乡会希望这些在海外的"第三代"华人得到鼓励,学有所成,在美国社会中发挥作用,扩大海外华人的影响。

阮晓昕与刘伟面对面

《我在美国当记者》新书的封面,是一张刘伟与车子的合影,他一手拿着相机,一手扶着车尾,相片中 NJP754 的车牌很是显眼。发证机构是新泽西官方,和记者证、记者停车牌一样,在美国拥有这样的车牌的华人记者绝对是不多见的。

记者:为什么用这张相片做封面?

刘伟:因为我喜欢这个车牌,这是对我的工作的承认和肯定。

记者:简要介绍一下您的新书好吗?

刘伟:书中文字是我在美国从事记者职业多年来精挑细选的稿件,300 多篇,共 16 部分,40 万字,500 多张照片。通过新闻报道,以点带面反映北美华人生活的一些真实情况。

记者:除了参加福州、厦门、宁德 3 地签名售书活动外,这次回国还有什么安排?

刘伟:福州 5·18 交易会,参加厦门高层次人才招聘会,观摩答辩。还有就是办一场小讲座。

记者:来到宁德推介新书什么感觉?

刘伟:看到这么多同行很亲切,当地领导重视宣传,相关专业的很多学生也前来购书,挺感动的。

记者:对海外年轻一代或即将出国的青少年有什么建议?

刘伟:提醒他们要遵守国外的法律和制度,这关系到国人形象和他们的自身发展。

a

b

图 3　刘伟《我在美国当记者》新书签售会在宁德市最大的新华书店前举行

注:主办单位宁德市周秋绮副市长与相关部门非常支持,高规格组织

美国中文电视台：
《纽华裔记者出书，讲述移民生活》

记者：杨卉纶　2011 年 2 月 17 日

a

b

图1 美国中文电视台记者杨卉伦报道在纽约举行的《我在美国当记者》签书会

　　注：下图左起：美国新泽西亚文中心主任耿燕南

美国《中国侨声》杂志：
《新闻记者表达爱国情怀的方式》

刘伟新书《我在美国当记者》在中、美同时发行 2010 年 9 月期

由美国华文报纸《世界日报》新泽西州记者、新泽西州福建同乡会会长刘伟编著、中国国际文化出版社出版推荐的《我在美国当记者》一书上下册，日前在中国上海、香港、福州的新华图书城和因特网上发行，并获华盛顿 DC 国会图书馆、纽约、新泽西州中部图书馆中文部收藏，同时也将在美国大纽约地区华人社区发行。

该书收集了刘伟先生在美国中文媒体从事新闻记者工作 9 年来部分新闻报道、人物专访等 300 多篇和数百张新闻照片。全书分为 16 个部分，40 多万字，主题是"以新闻报道爱美国、爱中华、爱社区"，副标题是"直面华人精英 点击华人生活"。

该书内容丰富、涉猎广泛，涵盖了政治、经济、外交、文化、教育、科技及华人社团活动等方方面面，既生动展示了海外华人多层面的生活情感，又多方位记录了华人奋斗异乡的历史情景，对人们了解美国东部地区华人生活的真实情况很有帮助。在受邀回福建参加侨务或采访活动中，包括"海外媒体聚焦海西"、"5·18 海峡两岸经贸交易会"、"6·18 项目成果交易会"以及"海峡论坛"等，积极宣传推介海峡西岸经济社会发展成就。

书中表达了刘伟先生作为美籍华人，以新闻报道的方式爱国的积极热忱和客观敬业的职业品德。体现了他在帮助华人社区和谐，维护华人权益，传承中华文化，宣传华人社团活动，表扬华人精英，促进社区工商经济发展、融入主流、传播祖籍国特别是福建家乡建设成就，及促进中美两国人民的友好交往中，发挥了一名华裔记者积极有益的作用。

由于《世界日报》系美国最大的中文报纸，其新闻为许多国内外中文媒体所转载，包括中国新闻网（www.chinanews.com）、中国侨网（www.chinaqw.com）、中国经济网（www.ce.cn）、新华网（www.xinhuanet.com）、人民网（www.peopie.com.cn）、福建报业集团电子报（www.fjdaily.com）、中美网（www.chinausa.com）、广州视窗（www.gznet.com）、福建东南新闻网（www.

fjsen.com)、新浪网(www,sina.com)等转载,进一步扩大了影响。也让记者的工作有了特殊的分量。

该书由美国《世界日报》纽约总社社长暨北美总管理处总经理张汉升先生题写书名。美国《新州中国日》主席林洁辉女士、福建省政府新闻办公室主任朱清先生为本书写序,中国国际文化出版社上海办事处负责人、知名作家余志成担任主编。该书出版也获得了福建省与福州市侨办、侨联、福建省新闻出版局、福建省教育厅的关心和支持。

刘伟先生出生于福州市,1998年获"中学高级教师"职称,1999年被选为福州市"特级教师"后备人选。曾任福建省教委"中级职称评委会"评委、福建省职教中心"特约教研员"、福建省旅游专业中心组常务副组长和旅游专业学科带头人、福州旅游学校(国家级重点校)校长助理兼教务主任。编写过《福建省高等职业学院升学指导书》和《福建省建设银行员工行为规范读本》等。

移民美国后,历任美国新泽西州《新象周刊》记者、《新泽西生活报》社区主编、首席记者、华夏中文学校南部分校副校长兼总校记者、《世界日报》新泽西州记者,新泽西州费尔莱狄金森大学公共管理专业在读硕士研究生。现还兼任美国新泽西州福建同乡会会长、福州市侨联海外委员、厦门市海外人才招聘工作顾问。是深受美国纽约、新泽西华人社区和福建家乡尊重的知名记者和社区活跃人物。

《我在美国当记者》一书上下册现已经送抵美国,书中有不少我们新州华人精英、工商名人的专访、各个华人社团活动和新州重要历史事件的报道,涉及面非常广。

图1　刘伟先生《我在美国当记者》一书上、下册

注:目前在中国上海、香港、福州、美东地区和因特网上发行

图 2　福建省政府新闻办公室主任朱清(右二)、副主任卢承圣(左一)、
外宣处处长林仙元(右一)对刘伟予以肯定和鼓励

图 3　《我在美国当记者》一书在福州新华图书城获得推荐

美国《汉新》月刊：
《智者的哲学：路还可以这样走》

记者：五月　2004 年 9 月刊

在漫漫人生的某些岔路口，何去何从，总令不知所措的我们费尽思量。

三年多前的刘伟，就曾被这样的烦恼，折腾得寝食难安。

即使是在顺利获得来美国的移民签证后，刘伟还是在去留之间矛盾挣扎、犹豫不决、举步维艰。他一遍又一遍地问自己："我究竟要不要去美国？"

他用一架看不见的天平在心里反复称量，亲情，事业，责任，前程……，两边的砝码加来减去，结果竟然几乎是等重的。换作其他人，能够移民去美国，怎么说也是一件让左邻右舍同事朋友羡慕的好事，可是刘伟不一样，有太多太多的理由值得他留在中国。

毕业于福建福州高等师范中文系的刘伟，先是分到一所中学任教，一路从底层做起，教师、班主任、团委书记，办公室副主任、主任、教务处主任……，最后晋升福建福州旅游学校校长助理。那是一所国家级重点学校，在该校，由于刘伟受到当时校长黄昆福的器重及该校的具体情况，校长助理实际上履行着副校长的职责，而教委和学校也正是按着这个思路去培养这位在省市教育、旅游行业小有名气，在省市公关、旅游专业教研颇具权威，已身兼省教委中级职称评委、省旅游、公关专业中心组常务副组长等多种头衔和光环的青年精英的。2000 年初，刘伟被福州市教委送往北京师范大学"中学校长高级研修班"学习，并被列入福州市中学"特级教师"后备名单，同年六月，又考上了华侨大学旅游管理在职本科班，偏偏在七月，刘伟收到了美国驻广州总领馆移民签证通知并限九月五日前到达美国，而九月份，刘伟校长助理任期一年届满，副校长的任命即可下达，还是未来校长的热门人选。不妨想象一下，事业风生水起，大好前程唾手可得，怀揣省教育学院颁发的中学校长上岗证，你让这样的刘伟，做出放弃这一切、转而去陌生的美国从头开始抉择，是不是有些过分？

而刘伟的痛苦还远不止这些呢。上六年级的女儿刘媛品学兼优，在省重点小学担任大队干部，学校"优秀学生标兵""省三好学生"。从小还练得一手好钢琴，拍过电视连续剧《惠安女》、中央台音乐片《同一首歌》，她参加的省"小荧星"艺术团、"小伙伴"艺术团舞蹈节目上过中央电视台春节元宵晚会,还当了四年的福建省有线电视台少儿节目《七彩屋》主持人,跟她老爸在当地的知名度有得一拼。女儿从一年级到六年级,刘伟既当爹又当妈,花了许多心血培养她,眼看在国内打下了很好的基础,父女俩已暗暗瞄准北京广播电视学院,女儿的前途正是阳光灿烂之时,随父赴美,不就等于一切归零、重新来过?

生活给人们的考题目,为什么总是这般复杂?

"最终让我下定决心到美国来的,是对合家团聚的渴望",刘伟平静的叙述里有着浓浓的情意。他和他太太是大学同学,相恋五年,结婚后恩爱至深。她先来美国,一曲《真的好想你》唱了六年,望穿秋水,好不容易盼到丈夫、女儿获准前来相聚了,刘伟又怎么忍心让苦了这些年的妻子失望呢? 对一家三口重新生活在一起的憧憬和做丈夫的责任让他最终放弃了一切与她相会于美利坚。

然而一到美国,刘伟马上又面临了另一场挑战。"我那会儿高考,英语只是个参考分,在学校工作忙于教学与管理,英语丢了二十年。而英语不灵光,在这儿什么都不能做。去餐馆打杂吧,力气又不够。虽说我们是移民来美,可感觉上比那些偷渡客还不如。他们好歹有把子力气,可以靠干体力活讨生活。"回忆往事,刘伟十分心酸地说道:"那年我四十岁,初来乍到,没房、没车、没工作,好在一家还能借住在开餐馆的姐姐家。在国内时,上上下下欣赏我,赞我年轻有为;而刚到美国的我,是个什么都不是的中年人,感觉自己竟是那样渺小,渺小得不如一株草。没有事业的男人,就像没有根的大树,原本再粗壮也无所作为。我的自信心一下被击碎了,成天听着萨克斯管《回家》暗自伤感。新泽西花园般的环境似乎并不引起我对美国的好感。"

思之再三,刘伟决定把这份后悔化为补救行动。2001年,他一个人回到福州,想看看有没有回头的可能。可是当初他是作为正式移民按规定办理户口注销、辞职走的,20年的工龄、教龄、来之不易的高级职称……一切的一切,也就一笔勾销了。原来学校的职位已有人顶上了,原市教委刘通主任倒是希望刘伟到一所位于福州大学城,由两所高校合并新建的"福建职业技术学院",筹建旅游系和出任系主任,并曾亲自打电话征求刘伟意见,但省教委人事部门的回答是,工龄、教龄从零算起,高级职称要等有职数时才给。回头的路并不顺畅,刘伟失望了。老话怎么说来着? 开弓没有回头箭。说的正是这个。

重回美国的刘伟,终于在心里悄悄告别了过去的种种荣耀,开始走上背水一战的艰辛移民路。

"你还别说,回去碰碰壁有好处。我不愿意让人觉得我是在美国混不下去了才回去的。在美国我一不欠钱,二不是没身份,比起很多人来,境况好多了。比我条件差的人,都在苦拼,我为什么就不可以?"既然别无选择,刘伟的潜能也就被激发起来了:"一个男人,什么都可以没有,但不能没有斗志。不能被挫折打倒,我既然已经到了美国这片美丽的土地,就一定能找到属于我的那片天空。"

主意一旦拿定,刘伟问了自己两个问题:"我能做什么?"和"我想做什么?"能做是实力,想做是兴趣。能做的不一定真想做,而想做的也不一定能做好。事情往往总是这样矛盾着,而生活则在一个又一个悖论里向前伸展。

刘伟有他自己的一套人生原则。其中之一就是:扬长避短,找寻生活空间。

好多人劝刘伟去读书,拿个学位、证书什么的,像计算机不是很好吗?将来可以找份高薪的工作。可是刘伟想,自己的长处在中文,不惑之年再去念个理科的学位,用的又是英文,远水解不了近渴,此举大大地不明智。

可在美国哪里最用得到中文呢? 两个地方,中文报纸和中文学校。事不宜迟,他马上开始出击。"我的运气真是好,出门就遇贵人。"刘伟说的贵人,是指当时《新象》周刊的李美伦主编和何丹妮女士。"美伦女士给了我机会,当时我英文不行,又不会认路,就是中文也有些八股气,跟此间的文风不太一致。但美伦还是放手让我去试一试。在许多具体工作上,丹妮给了我很多帮助,"刘伟深情地说,"是《新象》让我在美国新州迈出了最初而可贵的一步。"

在美国做中文记者? 吃力又不太挣钱。周围人笑刘伟傻。但刘伟却不认同:"人生每一段路的起点都很重要。我通过中文记者这份工作结识了很多中国人,也在这个过程中获得大家的认同,重新认可了自己的价值,拾回往日自信。这比挣多少钱更重要。既然一时半会儿还打不进美国主流社会,那我就先进入在美华人的主流社会吧。如果光为赚钱,我可以去做别的,比如全力去我姐的餐馆帮忙什么的,但那对我以后更好地在美国生存帮助不大,起点太低,不是我最佳的选择。"

虽说是中文记者,但也不是完全不需要英文。值得欣慰的是,刘伟的女儿很懂事。她的英文好,刘伟刚开始干采访时,她总是利用周末陪着老爸去采访,成为新州记者群中一道独特的景观。一来二去,父亲的英文水平提高了,新州的大小公路认熟了,华人小区的关系建立起来了,而女儿的人生阅历也大大丰富了。

"多跟人交流、沟通很重要,"得道多助的刘伟后来转到美国最大的中文报纸《世界日报》当记者,新州采访组主任刘美玲女士热心而专业地传授了他许多当记者、写新闻稿的知识和经验,令他心怀感激、获益良多。

与此同时,刘伟还去了华夏中文学校的南部分校教中文。说到感恩,刘伟颇有些奥斯卡大明星上台领奖的架势。他给我念了个长长的单子,上面都是他要感谢的人,当时南部分校的校长韩振超、接任校长虞锦国,都在那个单子上。"教中文是我原来职业在美国的延伸,是我想做又能做的,轻车熟路,我做得十分愉快并被推荐担任分管教学的副校长。我还在新州和国内发表了一篇相关的文章《我在美国教中文——谈美国中文学校与大陆学校学生心理差异及其对策》。我十分乐意为学校分担一些管理工作,因为那也是我的长项。"有着二十年教学与管理经验的刘伟对有意义的事情还真上心呢。

刘伟在华夏南部分校只干了一年多,时间不长。但千万别小看了这短短一年多的经历,它使刘伟往后的每一步都迈得更加踏实。也使刘伟与华夏这一美国东部最大的中文学校集团结下了不解之缘,被聘为总校教育委员,总校校刊记者。

离开南部分校,是因为刘伟另有一份正职,而这份工作常常需要他周末工作,跟中文学校的时间有冲突。说到这里,刘伟开始了对他感恩单子上另一位"贵人"Kebin 谢——一位来自新加坡的华侨的叙述。

原来刘伟还是韦格曼斯(Wegmans)连锁超市全职的员工。这家超市我知道,去年得过全美超市的"金手推车奖",在今年美国权威的《财富》杂志公布的全美最受欢迎的 100 家公司中排名第九。店的规模通常很大,光收银处就设了二十好几个,里面的东西质量也好,公司走的是高价高质路子,很有些精品意识,是不太穷的美国人(美国白领阶层)购物最爱光顾的地方。我有一个老美同事,说起在韦格曼斯买的牛肉,常常就眉飞色舞起来。

"韦格曼斯在新州一共也就四家连锁店。我当初去应聘的是 Bridgewater 的那家超市,我在那儿遇到了 Kebin。Kebin 是韦格曼斯在新州的亚洲部经理,为人坦诚热情,对我相当关照和赏识。这一年真是我的好运年。顺利得到这份福利很好但当时还是兼职的工作后,我一边认真工作,一边琢磨公司运作的规律。工作之余,我结合自己的工作体会,在 Kebin 的指导下,编写了本部门的员工须知、岗位操作规范、质量标准等等,并提出了一些如何提高营业额、提高工作效率、提高企业形象的小建议,得到了 Kebin 的肯定。还以《新象》记者的名义,采访了公司那拉潘(Manalapan)分店的"老外"总经理,以"华人NO.1"为题连载报道了华人在公司中的突出业绩。"

刘伟向我解释,他之所以这么做,一是想报答 Kebin 的知遇之恩;二是韦格曼斯工作环境好,同事都有一定文化,也有身份,素质都不错,他愿意在这里工作为公司出力;三是他的"职业病"犯了,以前编写并出版过许多公共关系、员工行为规范等方面的书、论文,还得过国家教委的一等奖。另外,给本校学生及省市院校、公司、国家机关等上过专业课做过不少的讲座,要是不写些东西还真有点手痒呢。

成功不论大小,总是青睐努力奋斗的有缘人。刘伟后来调到了离家不远的那拉潘分店。成了韦格曼斯公司的全职职员。去年十一月份,又被提升为超市的部门经理。

我们不禁要想:作为一个普通的新移民,在短短的三年时间里,初来时连英文都讲不溜的刘伟,能奋斗到今天这样一个程度,是不容易的。别的都不说,至少,有一个公认的事实,在新州华人圈子里,刘伟已是受尊重的小有名气的新闻记者。看来除了运气,个体的基本素质也很关键。常怀一颗感恩的心,明了自己的所长所短,对生活又常持乐观进取的态度,加上坚持独立思考,善于捕捉机会,这样的人,怎会找不到自己合适的发展空间呢?

顺便提一下,刘伟的女儿来美不到两年时,因作为移民学生在短时间内取得好成绩而拿了一个此方面的"总统奖"。看来这父女俩,一大一小两代移民,在美国这片土地上,也有一拼呢。

跟刘伟聊天,有点儿像听高僧说法,真的获益匪浅。

图1　美国《汉新月刊》2004年9月专访刘伟的文章

厦门大学团委会会刊《青春厦大》:《用笔和镜头关注华人世界——我在美国当记者》

用笔和镜头关注华人世界——我在美国当记者

发布时间: 2012-11-11

"开弓没有回箭。"刘伟这样形容自己。十多年前，他就如一支笔直的箭，从祖国射向那陌生遥远的国度——美国，找寻适合自己的一片天。十多年后，他又重回祖国选择在厦大新闻传播学院攻读博士学位，11月10日下午3点，在厦大记者节上，曾在《世界日报》担任记者、新泽西福建同乡会会长、福州市侨联海外委员、美国费尔莱狄金森大学公共管理硕士研究生刘伟为大家讲述了自己的故事。

"刚回到美国就感觉自己像是美国草坪中的一棵草，渺小无助，任何人都可以踩踏。"这就是刘伟刚到美国的处境。陌生的国度，陌生的环境，陌生的人，甚至陌生的语言，刘伟就像是一只被束缚翅膀的鹰，在狭小的岩缝中喘息。"在那边我甚至无法在一家餐馆中找到自己的位置，我不懂英语，没有办法敬服务员，我不认识路牌，没有办法送货；我也不会顾大勺，做不了厨师。"这就是初到美国的他，既要忍受艰难的生活，又要忍受心理上的不平衡。用"沟通"节目主持人陈玲的话来说"移民像移树，从一个土壤到另一个土壤，所有都要重新开始。"

但是这只鹰却从未忘记抬头仰望天空，它注定要直上云霄。"一个男人，什么都可以没有，但是不可以没有斗志。""扬长避短，找寻适合自己的路。"也许这就是他成功的原因。在克服了最初的不适应之后，刘伟最后成为了《世界日报》的一名记者。谈到当初选择做记者的原因时，他说："记者职业在中国和美国都是神圣的，它不仅会让我受到华人的尊重，奠定我在华人社区的地位，更可以让我结识各类积累人脉，体现自己的价值。"

接下来刘伟为大家讲述了从事记者行业的点滴，其中的一次经历最为惊险——当时正赶上百年不遇的暴风雪，刘伟被困在车里长达5小时，在报警无获后，他选择了拦车求救。幸运的是几个犹太人碰巧开车经过，将他送到了休息站。就在这样一个风雪交加的夜晚，他连夜将自己的经历写成了新闻，第二天就被刊登在了报纸上。他的敬业程度可见一斑。

此后，刘伟又给大家展示了自己的采访猎影，其中不乏许多与名人的合影，如著名钢琴家郎朗，阿里巴巴执行长马云等，均展现了他在记者生涯时的多彩经历。

这次已经年过半百的刘伟选择回到祖国，一方面是为了宣传自己的新书《我在美国当记者》，另一方面是为了攻读厦门大学新闻传播学院的博士学位。"我的书法老师指点我，毛笔行书的精髓，就是要做到每一笔都为了下一笔，'形未连而气连'，这样的行书字才不会形散神离。我在我的人生追求中，一样遵循这种'行书精髓'的道理。每做一件事都为下一个目标敏锐辙楚，发掘所有应尽的作用，书法如此，人生也如此。"在讲座接近尾声时他如是说，这是他自己的人生哲学，也是他给在座的每一位同学提出的劝告。

本次讲座是新闻传播学院继开展应家骧新闻奖比赛，举办游园会之后投出的又一枚重弹，意在宣传新闻传播学院，促进同学们的新闻传播观念，同时为大家展示记者最真实的一面。

厦大青年宣传中心·窦心一

地址:厦门市思明区厦门大学团委 电话:0592-2185573 传真:0592-2186206

版权所有: 共青团厦门大学委员会 管理员信箱: tw@xmu.edu.cn

159

图1　厦门大学新闻传播学院领导的热心鼓励

注：左起副书记林盛栓，副院长/博导赵振祥，副书记叶虎

图2　刘伟受邀在新闻传播学院做讲座

《海峡两岸》杂志：
《刘伟：一个海外华文记者的梦想与现实》

作者：中山大学 李春凤

人物名片

> 刘伟，美籍华人。历任美国最大华人媒体《世界日报》新泽西记者、《新象周刊》中文报纸记者，《主流》月刊记者，《新泽西生活报》社区主编和首席记者、华夏中文学校南部分校副校长、美国新泽西福建同乡会会长、美国中文媒体协会理事、福建省海外交流协会常务理事、福州市侨联海外委员、厦门市海外人才工作顾问。美国菲尔莱狄金森大学公共管理专业硕士毕业。2012 年作为中美交流留学生，被破格录取为厦门大学新闻传播学院美籍博士生，兼任新闻专业客座教师、福州职业技术学院外籍专家。2013 年 9 月，受邀任重庆工商大学外籍客座教授、重庆工商大学文化研究所副研究员。著有《我在美国当记者》（上下册）、《记者的梦想》《厦门大学咖啡文化》等。

2013 年 9 月。台北。

工作服务近十二年，第一次相见。这是位于台湾汐止的联合报系总部。在参观的时候，他拍下了不少照片，"这都可以作为以后教学和研究的资料"。他原是联合报系下办的美国《世界日报》的记者，主要负责报道新泽西州华人社区的活动或突发事件，奔跑于各个政府会议或学术讲座。然而这次，却并非工作。

2012 年 9 月。厦门。

以 54 岁的年龄，他被厦门大学破格录取为博士生，还兼任两门课的老师。并非新闻科班出身，所以一开始他主要从新闻实际操作入手，总结从业经验和写作技巧，后来阅读新闻教材多了，就能讲授新闻理论。

从新闻记者到新闻的研究者，似乎也是目前不少记者职业转型的选择。这既体现对记者生涯价值贡献的认同，也是记者梦想的延伸。

"记者让我有被需要感"

　　原本他可以沿着另外一条截然不同的轨道,可是命运显然开了个玩笑。1981年大学毕业后,他走上教育岗位。2000年,正是他20年努力付出的事业蒸蒸上升期,被福州市教委送往北京师范大学"中学校长高级研修班"学习,列入福州市中学特级教师后备名单,获得了"中学校长上岗证",带头成立的福建旅游职业中专学校艺术团备受赞誉,掌握学校教育重心的校长助理经历也足以让他在老校长退休后正式接任校长职位。然而这时,已打了8年持久战的美国签证下来了。自妻子1994年出国,他就独自抚养着女儿。家庭团聚和事业有成,他选择了前者。

　　然而美国并不如想象中的美好,新鲜感也很快被语言障碍、困窘生活所磨灭,就连国内畅通无阻的一贯教学方法在周末中文学校里也被美国家长斥为严厉、缺乏亲和力。即使鼓励自己"开弓没有回头箭",但他不可避免地茫然,无所适从。

　　经人介绍,他利用自己的中文专业优势获得新泽西当地最老的小报《新象》周刊兼职记者的工作机会。之后,凭着不俗的文笔和敏锐的新闻发现能力成为美国《世界日报》驻新泽西记者。

　　"做记者让我有被需要感。"回顾在美国的日子,刘伟认为记者是他很好的定位。因此,虽然薪酬并不高,新进记者年薪2万7美金左右,资深记者4万美金左右,但他还是选择继续从事记者的职业。

　　实际上,海外华文媒体的地位和发展与当地华人地位息息相关。据《2011年全美华人人口动态研究报告》显示,以2009年美国人口数据为基础,华裔总数为363.8582万人,占美国总人口的1.2%。在美国,华人的政治、文化和经济地位都有所提升,汉语成为美国第二大外语,为美国华文媒体的发展提供了机遇,促进了华文报纸、广播、电视等兴起。

　　在《世界日报》工作的过程中,刘伟接触到各界华人华侨以及华人社团,不仅能近距离采访海内外高官名人,也能了解普通华人在美的真实感受。"我们依然强调中立报道,因为要对读者负责,但尽量正面报道,注意宣传华人活动、创业精神,不会刻意抹黑华人,不会像狗仔队一样追逐绯闻和揭露丑闻,而且更不会进行有偿新闻,甚至当华人权益受侵犯时我们还会帮忙发声。我们在做好事。"与此同时,华人需要知道更多国内外的资讯,也希望能获得更多的渠道去表达权力诉求和情感诉求，因此记者受到华人社区的广泛欢迎和信任。华人社区举办活动，也非常乐意邀请华文记者参加，更乐于在开会前介绍到场的媒体嘉宾。

但海外华文记者的工作并不轻松。从美国《世界日报》的运作流程来看，其总部设在纽约，另在 4 个州安排当地记者。《世界日报》每天最少有 64 个版面，最多达 128 个版面，有娱乐新闻、国际新闻、体育新闻、大陆新闻、台湾新闻等单独版面，多由台湾联合报系总部提供，还有纽约版和地方版。新泽西州的 4 个记者，就要负责采写新泽西州地方版的全部内容。刘伟经常周末要写两到三篇稿子，这意味着有可能参加完一个活动之后又要驾车几个小时赶到另外的活动。

"行未连而气相连"

书法老师曾跟他讲过行书的精髓在于"形未连而气相连"，这样行书才不会形散神离。在他看来，每做一件事都要为下一个目标做铺垫，发挥所有资源应有的作用。

在华文媒体工作的这些年，刘伟一直做着"有心人"。尽管 42 岁才进入媒体，他依然以饱满的热情"用笔和镜头关注华人世界"。每篇报道和每次专访，他都认认真真地将其记录、整理并分类。2010 年他出书《我在美国当记者》，里面就收集新闻报道、人物专访等 300 多篇共 40 万字和 500 张新闻照片，内容涵盖政治、经济、外交、科技及华人社团活动等各方面，为展示华人海外生活奋斗提供了真实充足的素材。该书的编辑余志成曾在博客上发表编后感，"原来打算出一本，现在出两本还都是厚得像块砖头"。

接过刘伟的名片，很多人第一时间都会很惊讶。除美国《世界日报》新泽西记者外，他的名片上还印有其他 14 个头衔，如"美国福建同乡会顾问""美国中文媒体记者协会常务理事""福州市归国华侨联合会海外委员"等，他精力过人，时刻关注家乡发展，热衷于参加华侨活动和论坛，积极向家乡引进海外人才，为此还曾获得厦门市政府的奖励。他有着广阔的社交网络。

某种形式上，从教师到记者，事业的轨迹似乎从零开始。但他相信，过去负责外联的工作性质让他培养起的与人交往和观察事物的能力，在记者生涯中依然通用。

认识更多的人、积累更多的资源，才能接触到更多的新闻线索。他经常接到电话,别人会告诉他很多"这里发生的事情"和"这个人的遭遇",或者当他需要进一步线索时,也可以很快找到相关人士。2011年1月,清华大学精密仪器与机械系硕士王晓晔铊中毒致死,其当时正办理离婚手续的妻子李天乐成为嫌疑人,案子引起社会的很大关注。当时媒体报道纷纷,但都没办法找到当事人的照片。案发当天,刘伟立即通过清华大学校友会找到王晓晔的家,并联系上其弟弟王晓秉,最先拿到当事人的照片。

透过现象看本质、注重时代背景,才能做出角度独特的报道。2011年,他接到一个活动邀请——"内在美"的小型化妆会讲座。"内在美"是一个特殊群体,意思是"内人在美国"。她们的丈夫往往是华裔科学家,因受重用返国,但当妻子不在身边时极易受到诱惑而出轨。但这个社团认为老公不在,也不能变成黄脸婆,要坚持漂亮的面容,学会乐观积极生活。刘伟认为这个选题体现了当下奇特的现象,也为这些"内在美"而感动,所以当天在高速公路开车一个半小时参加活动。《丈夫海归,内在美自信不减》一文发表的第二天被新华网、中国新闻网、中国广播网转发。类似报道还有中国海外留学生的安全"六注意"等。

丰富的社交网络,不仅能提高工作的效率和质量,其实也会提供更多机会。2009年菲尔莱狄金森州立大学设立研究生奖学金项目,主要根据中国学生特质开展课程,以当地华人学生、国内学生、在职学生为招收对象。因为与项目主任平时关系比较好,所以主任动员他报名,一半学费一半奖学金。研究生的经历,也为他之后攻读博士打下了很好的基础。

转身又见风景

"记者的十年,我过得很精彩,取得还不错的荣誉。但下一个十年,最多维持目前现状,甚至会倒退。怎么才能让生活精彩依旧呢?"年逾50,体力就开始下降,也无法再像从前那样半夜跑新闻写稿第二天还是生龙活虎,"老"记者感到无奈,但未尝不是思考转身的契机。

2009年11月,美国总统奥巴马访华时对外宣布十万强计划,旨在4年内向中国派遣10万名留学生。2010年5月,美国国务卿希拉里在首届中美人文交流高层磋商会议上正式启动该计划。

在这背景下,得知心仪已久的厦门大学设立"中美人文交流专项奖学金项目",刘伟立即提交攻读博士的申请。在超龄的情况下,刘伟将过往十年记者历程,以及对厦门人才引进、海外同乡会做出的工作,汇总成50页资料与照片,最终成功争取到名额。

在加强自身学习的过程中,刘伟还作为厦门大学外籍客座教师,为双本科学生讲授"新闻采访与协作""新闻学概论"这两门课程,分享自身经历,转化成共享的知识和效益。另外,他还和厦大合作课题,如《美国华文媒体的发展史论》《华文媒体和华人社区的关系》,希望结合自身实际来研究海外华文媒体的发展,探讨如何更好地发挥美国华文媒体在中国海外战略传播中的作用,建立有效的海外传播战略,提升中国的国际形象。

回归校园、从新闻实践到新闻研究,刘伟认为这并没有离开新闻的实质,反而是记者梦想的延伸、新闻层次的提升,"让更多的新闻学子加强专业技能,传承记者梦想"。

他的课堂主要采取新闻发布会的方式,学生以刘伟为采访对象进行采访,他接受提问,并现场点评学生们的问题。这样的"实战"方式能让学生深入了解如何去做人物采访,如何去聚焦人物的特质来写作,还能提早适应记者工作。2013 年 6 月,刘伟决定将学生的习作修改编辑成《记者的梦想》一书,主题是:"异域中国梦,厦大续传承"。他认为记者梦也是中国梦的一部分,他没有忘掉他的记者梦,但希望他的厦大学生也能一起承担这份梦想。9 月,刘伟作为访问学者,应邀到台湾铭传大学、台湾政治大学进行交流,考察台湾的媒体生态。尽管行程忙碌,但他似乎非常兴奋,拜访联合报系、到台湾"国家图书馆"翻阅书籍,"可以收集更多的资料去给学生讲课"。

图 1 刘伟在台湾访学时以《联合报》临时记者身份访问台湾地区立法机构
注:左三为王金平

从教师到记者，又从记者到教师，这是职业的不断变迁，也是对自我的不断调整。他自信"每次转身都很华丽"。

下一个转身，可能就要退休去环游世界吧，他开玩笑说。但没多会儿，他就开始说起 2014 年春要在美国受邀授课的计划。

图 2　本文作者李春凤(左)与《联合报》政治组长(中)及本书作者(右)

福建侨联《八闽侨声》：
勇拓人生新路热忱服务侨团，三次人生华丽转身
刘伟：我用自己的方式书我的人生

采访：福建侨联《八闽侨声》副主编杨永文　2017 年第 2 期刊登

人物名片

> 刘伟（Liu Wei），美国菲尔莱狄金森大学公共管理专业硕士毕业。2012 年作为中美人文交流项目留学生，被破格录取为厦门大学新闻传播学院美籍博士生，兼任新闻专业客座教师。2013 年 9 月，受邀任重庆工商大学外籍客座教授、重庆工商大学文化研究院研究员。2016 年获聘福建省海西创业大学高级创业导师。
>
> 刘伟系美国最大华人媒体《世界日报》前新泽西资深记者、美国新泽西福建同乡会前会长、福建省侨办海外交流协会常务理事、福建省统战部海外联谊会常务理事、福建省侨联"闽侨智库"成员、福州市政协海外特邀委员、福州市侨联海外委员、厦门市、福州市海外人才工作顾问、美福智联国际有限公司总裁。
>
> 编著出版有《福建省建设银行员工行为规范》、《福建省高职考试指导书——旅游礼仪规范》、《社会能力——谈判能力》、《我在美国当记者》（上下册）等。在厦门大学主编出版了《记者的梦想》《厦门大学咖啡文化》。
>
> 2013 年初，获得中国传媒年会十所重点高校联合颁发的"金长城传媒奖，2012 年中国优秀学子奖"。2014 年获厦大校庆海外博士生奖学金。

　　所有岁月积淀的片段，都集合成一篇又一篇的故事，所有的故事，都成为他人生中一次又一次华丽的转身。他用自己的阅历，开拓出一个又一个别样的生活。

　　从教师到海外华文记者，从华文记者转身社团领袖，最后还破格进入厦门

大学授课,三次华丽的转身,多重身份的转换,这是职业的不断变迁,也是对自我的不断调整。他自信"每次转身都很华丽"。

他用自己的笔和镜头,真实记录海外华人的生活,传播中华文化,放大华人的声音,促进华人社区和谐,彰扬华人创业的成功和艰辛,为华人争取权益,宣传家乡建设的成就。

刘伟用自己的亲身经历讲述着他平常却不平凡的人生之路。

艰难抉择 教育精英从福州移民到美国

刘伟出生于福州一个教育世家,他的父母亲都是人民教师。1981年中文专业后,他也走上教育岗位,被分配到福州十中任教。他一路从底层做起,教师、班主任、团委书记,办公室副主任、主任、教务处主任,最后晋升福州旅游学校校长助理兼教务主任,1997年超前晋升为"中学高级教师"的职称。

2000年,正是他20年努力付出的事业蒸蒸上升期,被福州市教委送往北京师范大学"中学校长高级研修班"学习,列入福州市中学特级教师后备名单,获得了"中学校长上岗证",带头成立的福建旅游职业中专学校艺术团备受赞誉,掌握学校教育重心的校长助理经历也足以让他在老校长退休后正式接任校长职位。

原本他可以沿着这条轨道精彩地走下去,可是命运显然开了个玩笑。偏偏在2000年7月,刘伟收到了美国驻广州总领馆移民签证通知并限9月5日前到达美国;同样在9月,他的校长助理任满一年,副校长任命就在眼前,而且是未来校长的热门人选。事业有声有色,大好前程唾手可得,这时的刘伟,就要在人生最重要的关口做出一次平生最艰难的抉择。何去何从,刘伟几乎夜夜难眠,举棋不定。

"最终让我下定决心到美国来的,是对合家团聚的渴望。"刘伟平静的讲述里有着浓浓的情意。他和他太太是大学同学,结婚后恩爱至深。太太先去美国,转眼就是六年,好不容易盼到丈夫、女儿获准前来相聚了,刘伟又怎么忍心让苦等了这些年的太太失望呢?对一家三口重新生活在一起的憧憬最终让他放弃一切来到美国新泽西。

然而一到美国,刘伟马上又面临了另一场挑战:不会讲英语,什么都不能做。

"那年我四十岁,初来乍到,没房、没车、没工作,感觉自己什么都不是。那些日子真不知道是怎么熬过来的，每天听着萨克斯管《回家》暗自伤感，花园般的新泽西也引不起我对美国的好感。"

最后，他只能到他姐姐开的餐馆里去工作。但是他想在餐馆里接电话英文又不行，想到厨房帮忙也没有体力，想到前台接待又年龄太大，最后不得已只能去帮着送外卖。即使是这样，他仍然还是四处受气。因为语言交流的问题，他总是被客人责骂，甚至被人驱赶过。有一次，他在送餐的过程中，被客人家里放出的一条黑狗追着跑。当他自己坐到路边的时候，自己忍不住掉下眼泪，心想着：为什么放着国内好好的前途不走，跑到美国来还被狗追。巨大的落差，让刘伟倍感失落。

2001年，备受失落煎熬的刘伟一个人回到福州，想看看有没有回头的可能。可是，短短的一年，他眼前的一切也都物是人非了。原来学校的职位早已有人顶上，往日的荣耀早已成为过眼云烟。

刘伟彻底失望了。无奈之下，他只能重回美国。这次，他被逼上了一条前程未卜的漫漫移民路。此次的回归让当时的刘伟只能孤注一掷向前走，他鼓励自己：一个人什么都可以没有，不可以没有斗志！

自我练就　在异国寻找自己的一片天

回到美国后，好多朋友给刘伟出主意：去读书，拿个学位，将来找份高薪工作。可是刘伟想，自己的长处在中文，可在美国哪里最用得到中文呢？绞尽脑汁的刘伟有一天大脑突然电光石火：对了，就去中文报纸！

他尝试了，而他的人生故事也开始出现了另外一种色彩。

毕业于中文专业的刘伟，文字成为他在美国得天独厚的优势所在。经人介绍，他进入新泽西最老的小报《新象》周刊，成为一名记者。欣慰之余，困难接踵而来。这时的记者不仅需要学会中文打字，外出采访还需要有一定的驾驶和识别路标的技能。刘伟因为没能熟悉掌握这些技能，采访的路途时常深陷困境，总有因为看不懂路标而开错路的囧事不断发生，本来40分钟的路程，却足足开了3小时之久。还好有女儿这个小助手的帮忙，课业之余女儿时常常陪同他采访。因为这名小小老师的帮助，刘伟从中也是受益匪浅。

长此以往的磨炼，刘伟也慢慢地适应了当时的生活，能以中英双语与被采访者进行交流。久而久之，他的影响力也慢慢在华人社区蔓延开来，得到了越来越多当地华人的认可和青睐。

从教师到记者,虽然身份有了明显的转变,但以往外联的工作经验为记者工作作了不可忽略的有力铺垫。不久之后,刘伟成为美国最有影响力的华文报纸《世界日报》新泽西州的记者。他的"美国梦"也从此刻开始进入新的篇章,也是这时候他在美国才真正找到了最适合自己的一片天地。尽管他42岁才进入媒体行业,却始终用饱满的热情来对待自己的这份事业,这也成为刘伟为美国社会及中美两国华侨华人服务的好平台。

《世界日报》是全美第一华文大报,在这里,刘伟有更多的机会接触到各界华侨华人、华人社团以及一些名人等,更全面地了解华人在美的生活。他用笔和镜头记录下的报道也同时被中国新闻网、中国侨网、中国经济网、新华网等多家媒体刊载。机遇与挑战并存,保持中立的报道,敢于为华人发声的态度以及结合国内资讯为华侨服务的热情,记者也因此受到华人社区的广泛喜爱和信任。刘伟逐渐被越来越多的人所熟知,更是得到了华人社区的赞赏和肯定,重拾往日受人尊敬的时光。

付出总是会有回报的,他的异域人生因此也在慢慢地亮堂起来。

创建侨团　热心从事海外人才推荐工作

就在刘伟的人生事业越来越精彩的同时,他没有忘记在海外的华侨华人。他情系华人侨团乐心奉献,尽着自己的力量为侨团做了许多实事。

2004年,刘伟与两位福建乡亲创建"新泽西福建同乡会",并担任第一届秘书长,广泛凝聚了许多当地华侨华人的力量。不仅如此,2011年他还创办了"福建优秀子女'伯卿'奖学金",在陈伯卿医生的支持下,每年奖励六名作为优秀福建子女的学生,因此也成为新泽西同乡社团首家设立奖学金的社团。

在海外生活,难免会遇到这样或那样的问题,为了给福建乡亲牵线搭桥,帮助他们解决实际困难。新泽西乡亲服务热线成为刘伟在2012年底创办的又一新平台,聘请热心同乡会事物的常务副会长卢暖仪为热线贴心主持,一方面为乡亲提供同乡会主要活动以及有关健康医疗讲座、文化艺术表演、社区活动等各种消息。另一方面也为乡亲们提供资源信息,包括律师、医生、金融、教育,甚至找工作等资源分享,互帮互助,排忧解难。

新泽西福建同乡会作为一个具有凝聚华侨华人力量的组织,拥有专门的"新泽西福建同乡会会所"进行会务展示。同时还建立健全了同乡会识别系统,包括会标、会徽、名片、信笺、数字化的联络网以及陈列室等。让新泽西福建乡亲有了自己的家，同时这也是新泽西同乡社团首创，成为新泽西社团中公认的最具影响力社团之一。

刘伟对于新一代华侨、留学生的联系和团结工作尤为重视，他说："我们应该关注福建侨胞下一代，重视起年轻的一代，他们是我们的后备力量，未来的发展跟他们有着密不可分的联系。"

在 2013 年成立了"新泽西福建同乡会青少年学生学者分会"和 2015 年卸任新泽西同乡会会长一职后，作为新泽西福建同乡会荣誉会长的他还成立了"大纽约地区福建学生学者联谊会"。他们分别在普林斯顿大学、罗格斯州立大学开展法律咨询讲座，让许多华侨学子了解了如何在美国生活、立足和发展的相关知识。

刘伟表示，建立海外人才交流正是他一直在做的事情。厦门市在美国建立"厦门市海外人才工作站"，他作为第一批海外人才工作顾被聘用，也是从那时候他开始从事海外人才推荐工作，其中包括全美国以及福建省的海外人才招聘宣传，为许多海外人才回国工作架设桥梁，回乡创业提供支持和帮助。

从事这项工作 7 年以来，积极与国内互动，为家乡服务，对于许多事情的处理已经驾轻就熟。2016 年，刘伟被福州市政府宣布为首批五个海外人才联络站之一的美东联络站的负责人。针对海外人才的挖掘，刘伟也发表了自己的想法，他希望除了走以往的华文媒体，招华人为主以外，建议挖掘引进一些其他国家，例如俄罗斯、印度等发展中国家的人才，在媒体或者微信群等交流工具中进行招聘宣传。

身在异国，刘伟始终关注着家乡的变化。他曾多次回福州参加侨务或采访活动，包括"海外媒体聚焦海西"、"5·18 海峡两岸经贸交易会"、"6·18 项目成果交易会"及"海峡论坛"等，为宣传推介福州经济社会发展成就，积极增进中美两国人民友好往来做出了贡献。在美国，刘伟正跟许许多多中文记者一样用自己手中的笔和镜头，无怨无悔地传达着一种特殊的爱国情怀。

重回校园　凭丰富学识破格入厦大授课

在华文媒体工作的这些年，刘伟一直做着"有心人"。尽管 42 岁才进入媒体，他依然以饱满的热情"用笔和镜头关注华人世界"。每篇报道和每次专访，他都认认真真地将其记录、整理并分类。

2010 年他出书《我在美国当记者》，里面就收集新闻报道、人物专访等 300

多篇共40万字和500张新闻照片,内容涵盖政治、经济、外交、科技及华人社团活动等各方面,为展示华人海外生活奋斗提供了真实充足的素材。

这本书不仅承载了他在10年光阴里对福建家乡的情怀,更加收录了他记者生涯重要事件的报道,对于发展中文教育、推广中华文化、中美文化艺术的交流等都起到了很好的宣传交流作用,发行后引起很大的社会反响。

语言是无声的诉说。刘伟在厦门、福州、宁德、美国纽约等多地开展签售会,书本同时在众多商城和网上发行。越来越多的人,在他的字里行间之间感受着当时的氛围,体验着记者的生涯。

除此之外,刘伟还出版了《记者的梦想》《厦门大学咖啡文化》,参与编写《旅美生涯》,多篇论文被刊载。其中《记者的梦想》2012年11月获得中央电视台全球侨胞《中国梦》征文二等奖并向全球播出。

机会总是留给有准备的人的。2012年,在事业蒸蒸日上之时,恰逢中美互派留学生和发放奖学金的三年计划,凭借自己这几年所取得的成果,刘伟便水到渠成地被破格录取为厦门大学新闻专业博士研究生,作为一名海外留学生再次回到祖国。

在厦门大学,他不仅作为学子在此学习,同时也作为一名外籍客座教师,为本科双学位学生讲授"新闻采访与写作""新闻学概论""当代新闻现象研究"等课程。除了授课之外,他侧重的是让更多的新闻学子分享他自己在海外当记者的经验,包括移民的经验以及社团领袖的经验。

回归校园,他并没有认为这是结束了自己的记者生涯,反而是对以往记者时光的延伸。与其他教师截然不同的是,他是用自己当记者的10年光阴,生动形象地向学生们讲述着新闻学实践的知识。希望以自己的体验,向新闻专业的学生传承记者的梦想。

他表示,在厦大接触到广泛的学生,也是一种资源优势,加上博士头衔,为他的事业提供了强有力的资质证明。未来可以更好地将社团工作和海外人才推荐工作有机结合,将闽侨智库与中美人文交流相结合,在自己的有生之年,为中美友好交往、为祖籍国和家乡福建的建设做出与众不同的贡献。

福建省侨联《八闽侨声》2017 年第 2 期刊登刘伟专访

闽侨人物

人物名片
刘 伟（Liu Wei）

艰难抉择

自我练就

闽侨人物

创建侨团

重回校园

作者在中国授课与讲座剪影

图 1　刘伟在厦门理工学院教授"当代媒体现象"a

图 2　刘伟在厦门理工学院教授"当代媒体现象"b

图 3　刘伟多年来在厦门大学本科双学位班任新闻学课任老师 a

图 4　刘伟多年来在厦门大学本科双学位班任新闻学课任老师 b

图 5　刘伟多年来在厦门大学本科双学位班教授"新闻学概论"和"新闻采写"a

图 6　刘伟多年来在厦门大学本科双学位班教授"新闻学概论"和"新闻采写"b

图 7　刘伟在厦门大学本科双学位班任课时学生毕业留影

图 8　刘伟组织该班学生进行采访实践及编辑出版采访集《厦门大学咖啡文化》

图 9　刘伟在重庆工商大学艺术与传播学院任客座教授 a

图 10　刘伟在重庆工商大学艺术与传播学院任客座教授 b

图 11　刘伟受邀在厦门理工学院举办系列讲座

图 12　刘伟受邀给厦门大学新闻传播学院的学生做记者节的专题讲座

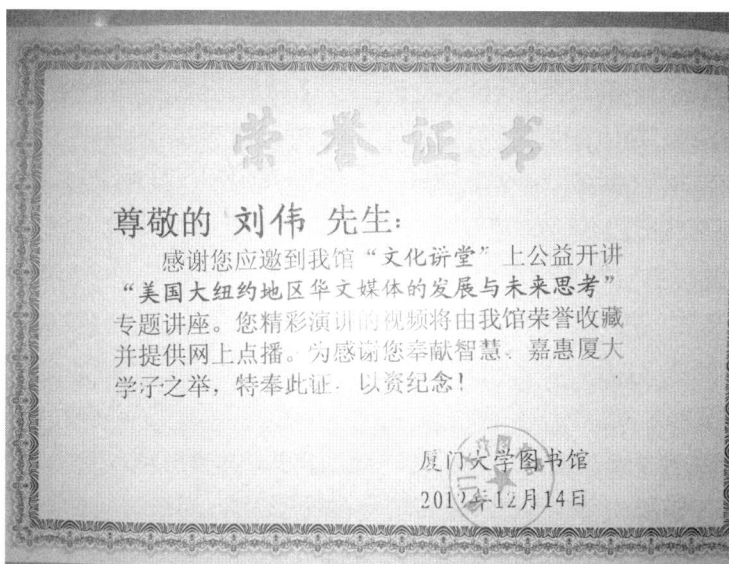

图 13　刘伟受邀在厦门大学"文化讲堂"开设讲座 a

图 14　刘伟受邀在厦门大学"文化讲堂"开设讲座 b

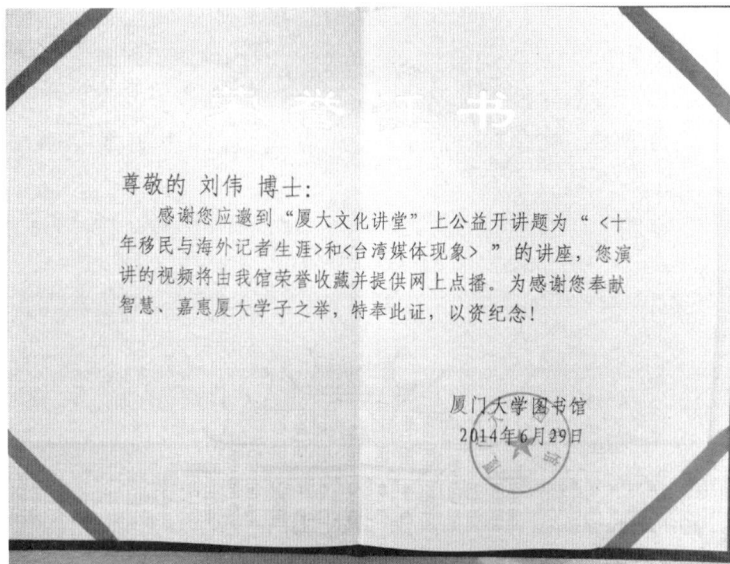

图 15　刘伟受邀在厦门大学"文化讲堂"开设讲座 c

图 16　厦大"文化讲堂"讲座的宣传海报

图 17　刘伟受邀给福建省基督教、天主教的神职人员
开设讲座"一个华文媒体记者眼中的美国社会"a

图 18　刘伟受邀给福建省基督教、天主教的神职人员
开设讲座"一个华文媒体记者眼中的美国社会"b

图 19　刘伟受邀给重庆工商大学举办四场系列讲座

图 20　刘伟受邀给福州职业技术学院学生开设讲座

图 21　刘伟受河北省侨务部门邀请在"燕赵讲堂"上做专场演讲 a

图 22　刘伟受河北省侨务部门邀请在"燕赵讲堂"上做专场演讲 b

图 23　刘伟受邀在福建师范大学影视与传播学院开讲座 a

图 24　刘伟受邀在福建师范大学影视与传播学院开讲座 b

图 25　刘伟受福建侨务部门邀请做讲座"中美贸易战背后的思考"a

图 26　刘伟受福建侨务部门邀请做讲座"中美贸易战背后的思考"b

附件二

《我在美国当记者》
一书收藏

美国国会图书馆收藏证书

LIBRARY OF CONGRESS

Asian and Middle Eastern Division
China Section
101 Independence Ave., SE
Washington, D.C. 20540-4221
Tel: (202) 707-7960
Fax: (202) 252-3354
Email: boht@loc.gov

Date: June 23, 2010

Mr. Wei Liu
14 Lake Ave. 8B
East Brunswick, NJ 08816

Dear Mr. Liu:

Pursuant to the authority delegated to me by the Librarian of Congress, I accept and acknowledge the receipt of the material mentioned below. We greatly appreciate your kindness in sending this material to our library.

Once again, thank you for considering the Library of Congress.

Sincerely,

Beatrice C. Ohta
Section Head

The material received:
我在美國當記者. 2 volumes. 2010

厦门大学图书馆收藏证书

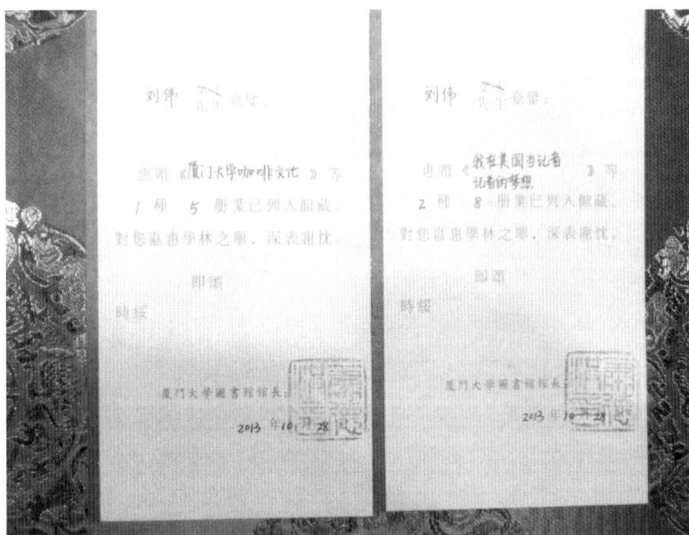

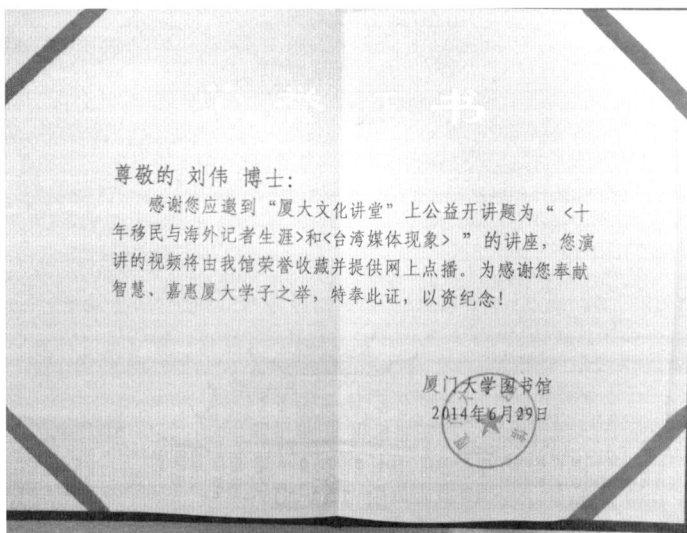

南京大学图书馆收藏证书

尊敬的劉偉先生：

　　承賜尊著《我在美國當記者》壹套兩冊，一俟運達敝館，立即分編入藏，以饗校內外讀者。

　　先生厚愛，澤被館藏，沾溉學子，惠及當代，功垂未來。謹奉寸緘，聊申謝忱。

　　向您遙拜新春，並頌闔府康泰。

南京大學圖書館

2011 年 1 月 3 日

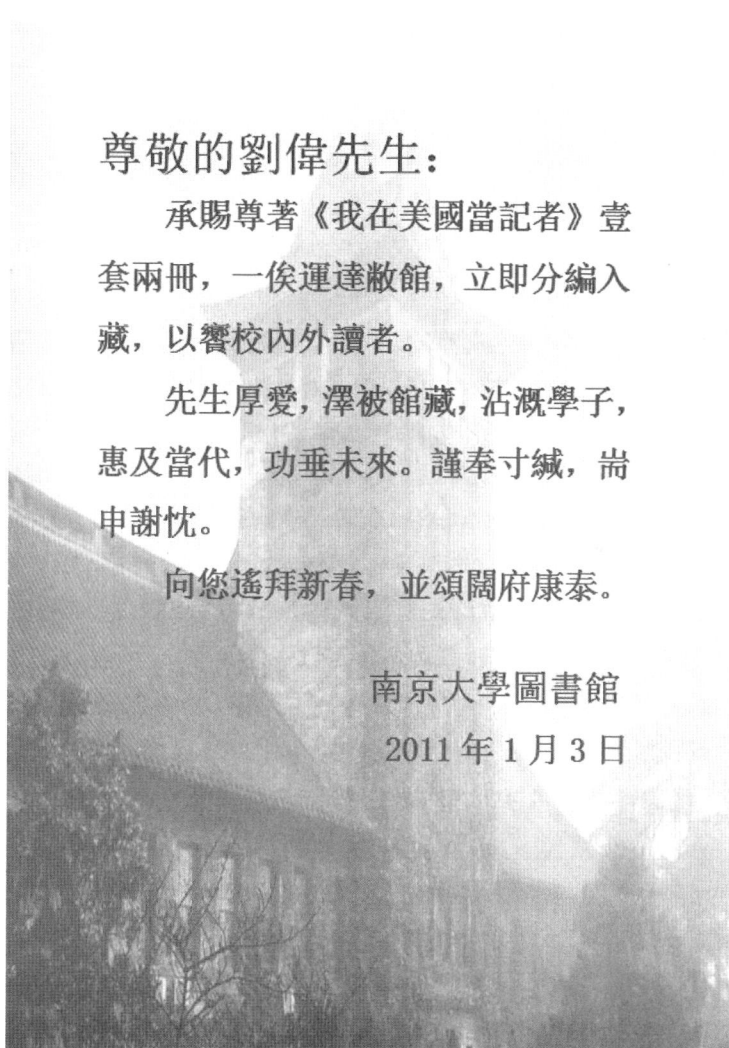

台湾铭传大学图书馆收藏证书

感　謝

劉偉老師

致贈本校
我的十年美國夢共計1冊

充實圖書館館藏資源
謹申謝忱

銘傳大學　圖書館　敬贈

母校福州第二中学捐赠证书

二中百年校庆

捐 赠 证 书

尊敬的：刘伟校友

感谢您慷慨惠赠 图书捌本

我们的发展离不开您的殷切期望

和大力支持。百年树人，功在千秋。

谨发此证誌谢。

福州第二中学

2016年11月26日

福州旅游职业中专学校赠书收藏仪式

图 1　赠书合影

注:刘伟在该校工作 12 年,曾担任公共关系专业中学高级教师、办公室主任、
　　教务处主任、校长助理